半夢半醒的世界

韋納・荷索

Das Dämmern *der* Welt

WERNER
HERZOG

管中琪 譯

本書有許多細節符合真實狀況，也有許多細節不盡正確。對於作者來說，重要的不在於此，而是他與故事主人翁見面時所體認到的深刻本質。

各界讚譽

「一部精彩的小說處女作。」

——《紐約客》（*The New Yorker*）

「一部引人入勝的小說，巧妙地探索了時間與戰爭的本質。」

——《星期日郵報》（*The Mail on Sunday*）

「太美了……沒有其他人能寫出《半夢半醒的世界》。它是純粹的荷索。」

——《星期日泰晤士報》（*The Sunday Times*）

「《半夢半醒的世界》……非常電影化；事實上，當你閱讀時，感覺就像在看一部荷索腦海中播放的電影。」

——《每日電訊報》（*The Daily Telegraph*）

「一個悲劇素材，給了荷索無窮機遇，表達文明的脆弱性與現實的可塑性。《半夢半醒的世界》用字簡練，毫無贅言，卻湧現出豐富的生命力。」

——馬帝亞斯．約丹（Matthias Jordan），《文化新聞》（*Kulturnews*）

「這是一本非常特別的書，由一位不平凡的人描寫另一位不平凡的人；同時也是一本反對任何戰爭之意義的著作。」

——艾兒克．海登萊希（Elke Heidenreich），《科隆市報》（*Kölner Stadtanzeiger*）

「韋納・荷索不僅是電影大師，也是文字大師。」

——薩洛梅・邁爾（Salomé Meier），瑞士國家電台（*SRF2 Kultur*）

「韋納・荷索是才華洋溢的說書人。」

——尤利安・徐特（Julian Schütt），瑞士國家電台（*SRF2 Kultur*）

「現在能給韋納・荷索最好的建議就是：寫、寫、寫……。他的仰慕者會很感謝他的。」

——格歐葛・竇曹爾（Georg Dotzauer），《每日鏡報》（*Tagesspiegel*）

「韋納・荷索希望在電影和書中展示的內容，只能以獨一無二的方式呈現，而這樣的企圖難得在本書中發揮到極致。」

——尼可拉斯・佛洛德（Nicolas Freund），《南德日報》（*Süddeutsche Zeitung*）

「精心周密的刻畫……詩意盎然的細節，使得閱讀荷索這本小書成了豐富的體驗。《半夢半醒的世界》不僅講述了一個荒誕的戰爭故事，一個不可思議的存活事件，更探討了存在的界線。希望荷索能夠創作更多的書。」

——克里斯多夫・胡柏（Christoph Huber），《新聞報》（*Die Presse*）

「本書可說濃縮了荷索的藝術與技藝。」

——克努特・寇德森（Knut Cordsen），巴伐利亞廣播電台文化舞台（*BR Kulturbühne*）

目次

推薦序

時間消泯處，世界平行生

廖偉棠（詩人、作家）

對於荷索，沒有什麼不可能的事。看了他那麼多部電影，才在《遊牧之歌》（*Nomad: In the Footsteps of Bruce Chatwin*）得知他還是一個背包登山客；前年剛剛讀到他的詩，現在又讀到他的小說，電影導演跨界的不少，難得的是在各方面都做到極致，幾乎讓人忘記他的老本行。

而最關鍵的是：這無數個荷索會合而為一，成就這個獨一無二的自由又孤清的靈魂。這個靈魂在蒼茫荒野上遊蕩，尋找和自己一樣的超越時間和空間的羈絆者，彷彿尋找自己的影子投射。他在《冰雪紀行》（*Vom Gehen im Eis : München-Paris*）裡找到過詩人荷爾德林（和他一樣徒步穿越黑森林的瘋子），在《遊牧之歌》找到旅行家、作家布魯斯・查特文，在電影《藍星人懷鄉曲》（*The Wild Blue Yonder*）裡虛構了很多相信自己是外星人的夢想家……這次，他找到一個更為複雜、更具爭議性的影子：太平洋戰爭中最後一名投降的日軍小野田寬郎。

電影學者薩洛蒙・波拉厄（Salomon Prawer）提出過一說法：在荷索的電影世界裡存在著兩類人，「一種是局外人，他們所處的社會，永遠都不會給予他們家的感覺，甚至到頭了還要毀了他們；另一種則是叛逆者，他們借助暴力手段，想要獲得生活拒絕給予他們的東西，結果同樣以失敗而告終。」[1]小野田寬郎可能兩者兼有，但是二次大戰給他提供了一個舞台，讓他贏得某種虛幻的勝利，而荷索這部小說《半夢半醒的世界》則嘗試提醒我們在失敗與勝利的二分之外，其實還有另外的確認一個人的存在的方式。勉強名之，曰：夢。

當浮生若夢之際，夢反而成了淪陷者抓住的唯一真實。二戰的最後一顆棋子，因此能在歷史的外圍載浮載沉。他的隱匿和全世界對他的尋找、勸降，構成一個超越戰爭的遊戲，甚至儀式。

另一位研究荷索的學者阿莫斯・沃格爾（Amos Vogel）聲稱荷索的主角們是一群存在於電影中的「聖愚」，這種人「敢冒天下之大不韙，於是乎，他們更有可能抵達通往更深層真相的各種源頭。相比我們，這種人會更接近那些源頭，儘管他們並不一定全都具有抵達這些源頭的能力。」[1] 那麼日本聖愚小野田寬郎接近的、或無意昭示的真相是什麼？也許是：戰爭作為

1 引自《Werner Herzog: A Guide for the Perplexed》。

一種儀式的巨大荒謬感。

「對於宇宙、對於人民的命運、對於戰爭的進程而言，小野田的戰爭毫無意義。小野田的戰爭，是想像而出的虛無與夢境融合而成的；不過，小野田的戰爭就這樣從虛無中誕生，是一樁從永恆奪來的了不起的事件。」荷索講得很清楚了，他的文字製造出與之呼應的感覺：就在小野田身上停滯了的時間與我們世界前行的時間相遇的瞬間，因為主視角來自前者，讓我們得以反思我們的進步——從功利角度，這是小野田對於非軍國主義者、非戰爭親歷者的我們唯一的意義。

荷索不無調侃地從小野田的角度看我們的世界，頗有《帕帕拉吉》裡虛構的薩摩亞酋長杜亞比看待所謂的文明人「帕帕拉吉」時的辛辣。比如說當小野田撿到一張報紙，他狐疑地認為是偽造的，因為「除了頭版之外，幾乎有一半的可用版面全是廣告。但是，報紙給予廣告的篇幅，一般不會超過百分之二或者百分之三。沒人有能力購買所有產品，完全是不可能的。」這種對消費社會的反諷，深陷其中的我們反而是想不到的。

還有因為不信任勸降者的舉措，小野田他們從目睹的世界變化，拼湊出一個屬於他們自己的時局圖，可以說是一種簡陋的「架空歷史式寫作」，諸如「印度脫離英國獨立，西伯利亞從俄羅斯分裂出來，兩國如今和日本結合成強力同盟，對抗美國」此類，也為我們對目前這個「理所當然」的世界權力劃分，多了一絲質疑。

不過「蟬，不在乎什麼是戰爭、什麼是和平，戰爭如何命名、又是由誰賦予名稱。牠們再度揚起更加高亢的單調鳴叫，現在這是牠們的戰爭，但或許也是和平協議，我們對此所知甚少。明月。拂曉的曙光照得月亮越發蒼白，一顆不具深刻意涵的星體，早在人類存在以前，便已如此。」這才是超越小野田，荷索在意的事物。在一個日本皇軍的儀式感之外，這蒼莽莽生長的菲律賓叢林世界，是這本書最詩意的部分。因其超然漠然，倒為作為殺戮機器的小野田帶來唯一的慰藉，也為冷眼觀看荒誕劇的我們帶來慰藉。

但無論我們被「精彩」史實吸引還是被詩意慰藉，都不要忘記了荷索的電影工作者的身分。我看到本書最重要的一次反思，恰好跟電影有關，在一次小野田拔刀禦敵之後，他有這樣的自省：「我持刀進攻彷彿像電影，我是扮演武士的演員。這是不可原諒的錯誤。這場戰爭如今有些不同了，展現英雄行徑不是我們的任務。我們必須隱身，必須欺敵，必須有覺悟做出不光彩的事情，心中卻不忘保持武士的榮耀。」——這裡是帶有荷索作為一個電影工作者的敏感的——從電影的虛妄性出發，指向人性虛榮的虛妄性，小野田的沉思只對了前一半：殘兵小野田在扮演絕代武士小野田；他的「覺悟」卻顯示出他無力出離武士道的奴性一面。

正是這些反思，讓我相信假如日後荷索把《半夢半醒的世界》拍成電影的話，不會像阿瑟．哈拉里（Arthur Harari）的電影《一萬個叢林夜》（*Onoda: 10,000 Nights in the Jungle*）那麼曖昧。雖然兩者都可能因為忽略小野田的對立面：那些菲律賓農民的視角，而受到批判。但荷索的文學功底，讓他找到了胡安．魯爾富《佩德羅．巴拉莫》（*Pedro Paramo*）的悲愴和波赫士《小徑交叉的花園》的神秘主義，一再通過詩性文字讓小野田寬郎脫離軍國主義現實的泥沼，也脫離大眾媒體對他的審美化拔高。

「我們以為活在當下，但當下不可能存在。我走路，我活著，我作戰呢？他倒退著走誤導敵人的那些路又是什麼？即使是倒退走的步伐，一樣是邁向未來。」這樣高度哲思性的思維，和真正進入夢世界時的頓悟絕不相悖，荷索尋找小野田，最終尋找到的，除了我們的我執，還有刻在另一個士兵、導演小津安二郎墓碑上的：無。

一九九七年，我在東京執導歌劇《忠臣藏》（*Chushingura*）。很早以前，作曲家三枝成彰（Shigeaki Saegusa）就催我接下他作品的世界首演。在日本歷史故事中，《忠臣藏》蘊含的日本味最為濃厚。一名藩主在籌辦儀典時，遭到挑釁與羞辱，憤而拔刀，最後為此被迫切腹，自我了結生命。兩年後，四十七位家臣為他復仇。他們夜襲無理侮辱其主公的貴族，將之殺害。他們明白自己必須為此行為付出生命。最後，四十七名忠臣在同一天切腹自殺，無一例外。

三枝成彰是日本備受敬重的作曲家，在製作歌劇期間，他有自己的電視節目，大家知道我們之間的合作。一晚，幾名親近的工作人員圍著長桌聚餐，三枝姍姍來遲，整個人亢奮不已。荷索先生，他說，天皇那邊來了通知，表示臨近首演前若不會太操煩，他希望能接見您。我回答說：看在上帝的份上，我根本不知道該和天皇說什麼，最後也不過是客套寒暄罷了。我感覺妻子莉娜抓了一下我的手。但為時已晚，我婉拒了。

這行為失禮至極，太可怕、太愚蠢，我到現在還恨不得找個洞鑽進去。桌邊所有人全僵成了鹽柱，大氣都不敢喘一下，目光紛紛垂落，避開了我。漫長的沉默把屋子凍得顫抖。我感覺現在全日本都停止了呼吸。這時，有個聲音打破寂靜，問道：既然不是天皇，那麼在日本還有誰是您想見的呢？我不假思索說：小野田。

小野田？小野田？

是的，我說，小野田寬郎。一個星期後，我見到了他。

盧邦島，叢林小徑

一九七四年二月二十日

夜在譫妄幻夢中輾轉反側。一覺甦醒，猶如打一陣寒顫，景致隨即轉成一個靜止而嗶剝響的白晝夢境；這夢不願消逝，像接觸不良的燈管忽明忽滅。黎明初曉，叢林照例又被雷電交加的儀典折騰得閃耀晶亮。大雨。風暴如此遙遠，遠得聽不見雷聲。這是夢？這是個夢嗎？一條寬闊的小徑，兩旁灌木叢濃密，地面覆滿腐葉，水珠從樹葉落下。叢林凝滯不動，耐心又謙卑，等待磅礡雨勢結束詠唱彌撒。

然後，彷彿我就身歷其境似的：遠處傳來紛亂的吵雜聲，歡樂的喊叫聲越來越近。從叢林蒸騰模糊的霧氣中，浮現出一個人形。一名年輕的菲律賓男子沿著有點陡峭的小徑匆匆走來。怪的是，他疾走時，右手拿著一把曾是雨傘而今只剩鐵絲和破布的骨架遮在頭頂上，左手則是一把波洛大砍刀。他後頭緊跟著懷裡抱著嬰兒的婦人，然後是七、八名村民。看不出這股歡快的興奮從何而來。他們匆匆前行，什麼也沒有發生。雨水綿綿不絕從樹葉滴落，小徑靜謐無聲。

這不過只是條小徑。接著，小徑右邊，就在我的面前，地面腐葉有幾片動了動。那是什麼？隨即又靜止了片刻。我面前一座樹葉砌成的牆，就在眼睛的高度，有部分開始動了起來。慢慢地，非常緩慢地，樹葉現出一個人形。是鬼魂嗎？我雖然一直盯著眼前，卻始終沒有認出有一名日本士兵。小野田寬郎。就算我知道他聞風不動站在何處，我也看不見他。他偽裝得太徹底了。他拿掉腿上濕透的葉片，再除去仔細接在身上的綠枝，伸手取出蒼鬱樹叢中的步槍，偽裝過的背包則藏在旁邊。我看到是一名五十多歲的士兵，精實強健，一舉一動特別小心謹慎。他的制服不過是縫湊而成的補丁，步槍的槍托纏繞著樹皮。他側耳傾聽，接著無聲無息消失在村民離去的方向。我眼前依舊是那條泥濘小徑，但現在是簇新的、截然不同的；仍然是同一條，只不過充滿了神祕。那是個夢嗎？

小徑，在稍微低一點的地方，就此開展變寬。天空幾乎只剩毛毛細雨落下。小野田觀察泥濘上的腳印，不時豎耳聆聽，隨時留意動靜。雙眼警醒，不斷掃描四周。鳥鳴響起，平心靜氣啼唱著，彷彿安慰他，危險在這時不過是字典裡的詞語，是景致中一種不可思議的隱密狀態。就連昆蟲的嗡嗡聲也一樣規律穩定。我開始和小野田一起傾聽，嗡鳴聲不具侵略性，沒有暴動不安。遠處小溪潺潺，雖然我沒有看見溪流，卻猶如小野田一樣，開始轉譯這些聲音。

盧邦島，和歌山支流
一九七四年二月二十一日

原始森林錯落而成的樹頂，遮蓋住一條狹窄的河流。清澈的河水流淌過平坦的岩石。從左側，被繁密雜生的原始森林覆蓋的陡峭山丘腳下，匯入一條小溪。支流的下游，景致變得開闊，長著竹子、棕櫚和高聳的蘆葦。兩條溪流交會之處，延伸出一片平坦的沙洲。小野田倒退走過沙洲，留下會誤導潛在追蹤者的足跡。透過緩緩搖曳的蘆葦，他認出了一面小小的日本國旗。小野田小心翼翼舉高刻畫著多年叢林痕跡的破舊望遠鏡。他還有望遠鏡嗎？難道稜鏡不早被真菌感染了？或者說，根本無法想像小野田沒有望遠鏡呢？國旗在午後揚起的微風中飄蕩。旗子的布料非常新，折線仍舊清晰可見。

國旗旁邊架著一頂剛出廠的簇新帳篷，就像週末出遊的觀光客會使用的那種。小野田小心翼翼直起身子。他看見一名年輕男子蹲在地上，臉背著這裡，試著在野營爐具上點火。沒有看見其他人的蹤影。一個塑膠背包放在帳篷口。年輕人伸手拿背包，打算放在爐具旁邊擋風。這時候可看見他的臉了：是鈴木紀夫。

小野田驟然躍出藏身處。鈴木嚇得站起來，看到正對著他的卡賓槍。他花了好一會兒，才找回自己的聲音。

「我是日本人……我是日本人。」

小野田命令：「跪下。」鈴木慢慢跪了下來。

「脫掉你的鞋子，丟得遠遠的。」

鈴木遵從命令，手指微微顫抖，好不容易才解開鞋帶。

「我身上沒有武器。這個只是一把菜刀。」

小野田幾乎沒有注意到地上的刀。鈴木小心把刀推遠。

「您是小野田嗎？小野田寬郎？」

「是的，小野田少尉，就是我。」

小野田將槍管直接對準鈴木的胸膛，神情漠然，難以猜透。這時，鈴木的臉龐卻恢復了生氣。

「我在做夢嗎？我真的親眼見到了嗎？」

夜幕驅走了天光。小野田和鈴木蹲坐在離鈴木帳篷稍遠的火堆旁。夜蟬揚聲啼鳴。小野田占據了一個得以不斷梭巡周遭環境的位置。他充滿戒心，高度警覺，槍口始終直指鈴木。他們應該已交談一會兒了。片刻停頓後，鈴木又開啟話題。

「我怎麼可能是美國特務？我才二十二歲耶。」

小野田不為所動。「我到這兒參戰時，只大你一歲。任何阻擋我執行任務的嘗試，都是敵方特務的戰爭策略。」

「我不是您的敵人。我唯一的目的是與您見面。」

「便衣特務穿著各式各樣想像得到的服裝來到島上。他們目標只有一個：想要斷了我的路，逮捕我。我躲過一百一十一次的埋伏，再三受到攻擊。我已經數不清自己遭到多少次的射擊。島上每一個人都是我的敵人。」

鈴木沉默不語，小野田望著天空依然有點微亮的方向。

「現在這樣的光線下，你知道對準你射出的子彈是什麼樣子嗎？」

「不，不太清楚。」

「有淡藍色的火焰，幾乎就像曳光彈。」

「真的嗎？」

「子彈從較遠的距離發射時，只要距離夠遠，就能看見子彈朝自己而來。」

「而您沒被擊中？」鈴木感到驚訝。

「我是可能被擊中的。但我身子一偏，子彈從旁擦過。」

「子彈像哨聲嗎？」

「不是，聽起來像震動聲，一種低沉的嗡嗡聲。」

鈴木深感欽佩。

一個聲音飄入。遠方，夜空繁星閃爍。那個聲音唱起了歌。

「那是什麼？」鈴木沒有發現任何人。

「是島田，伍長島田。他在這裡陣亡。」

「那是五十年代中期之前的事了吧？我知道這件事。在日本，人人都知道。」

「他死於十九年九個月又十四天前。在和歌山支流這裡，遭到伏擊。」

「和歌山？」鈴木問。「這是日本名字。」

「盧邦島的開戰初期，我的營將此匯流處稱為和歌山支流，紀念我的家鄉和歌山。」

蟬鳴聲更加響亮，充盈滿片景致。對話現在由牠們進行。鈴木思索好一陣子。最後，蟬高聲齊鳴，同時發出刺耳的唧唧聲，彷彿是集體的憤怒。

「小野田——先生？」

「少尉。」

「少尉，我希望避免繞圈子。」

鈴木又不說話。小野田的槍管輕觸他的胸口，不是威脅，而是督促他別讓火熄了。

「如果你不是特務，又會是誰？」

「我叫做鈴木紀夫，曾經是東京大學的學生。」

「曾經？」

「我放棄學業了。」

「沒人會輕易放棄國家頂尖大學的學位。」

「我忽然看見了自己整個未來，職業生涯每一個階段，一步步到退休為止，都清清楚楚展現在眼前，所以嚇到了。」

「然後呢？」小野田無法理解。

「我希望將生命奉獻給商人生涯之前，先過幾年自由自在的生活。」

「然後呢？」

「我開始旅行，搭便車。我遊歷過四十個國家。」

「『搭便車』是什麼？」

「就是攔下車子，希望對方能載你一程，漫無目標，直到我找到自己的目標。」

「什麼目標？」

「事實上有三個。首先，我希望能找到您，小野田少尉。」
「沒人能找到我。二十九年來，沒人找到過我。」
鈴木感覺受到激勵。
「我來這裡不到兩天，就找到您了。」
「是**我**發現了你，是我找到你的。不是你找到我。如果你不是對危險毫無防備，我可能早就殺了你。」
鈴木沒有意識到這一點，於是不發一語。
「你人生另外兩個目標又是什麼？」
「雪怪……」
「誰？」
「一種可怕的生物，出沒在喜瑪拉雅山。那是令人毛骨悚然的雪人，全身覆滿毛皮。有人發現過牠的足跡，牠確實存在。第三個是，到中國山區的貓熊自然棲地看貓熊。按照順序是：小野田、雪怪、貓熊。」

我們第一次看見小野田的臉龐掠過一絲笑容。他向鈴木點點頭，繼續，請你繼續說。

鈴木大受鼓舞。「戰爭在二十九年前就結束了。」

小野田面部木然，露出赤裸裸的不解。

「不可能。」

「日本在一九四五年八月投降了。」

「戰爭仍未結束。幾天前，我還看見美國航空母艦，一艘驅逐艦和一艘巡航艦隨行在側。」

鈴木推測：「方向是往東吧。」

「你別想欺騙我。那就是我所看到的。」

鈴木毫不動搖。「少尉，美國在蘇比克灣建設了太平洋最大的海軍基地，所有戰艦都在那裡進行保養。」

「在馬尼拉灣附近？距離此地不過九十公里？」

「沒錯。」

「戰爭初期，這個基地便已存在。美國軍艦怎麼可能進入使用？」

「美國與菲律賓現在是盟友。」

「還有我不斷看見的戰鬥機、轟炸機呢？」

「這些軍機全部飛往克拉克空軍基地，位於馬尼拉灣北方。少尉，請問您，軍隊規模如此龐大，為什麼沒有攻下盧邦島？畢竟盧邦島控制馬尼拉灣的入口啊。」

「我對敵人的計畫毫無所知。」

「沒有什麼計畫，因為戰爭結束了。」

小野田內心掙扎了片刻，然後緩緩起身，朝鈴木邁進一步，將槍口抵在他的眉心。

「現在說實話，時間到了。」

「少尉，我不怕死。但如果已經說了實話，卻還免不了一死，我會感到很沮喪。」

這一晚，是最漫長的一夜。小野田震驚萬分，在懷疑和理解之間來回拉扯，但表面上仍舊不動聲色，表情漠然。日本兩座城市被投下原子彈，數十萬人瞬間死亡？這種武器與原子分裂時釋放的能量有關。怎麼辦到的？鈴木缺乏科技知識可以解釋這個現象。其他國家近來也發展出了這種炸彈。現今的軍火庫如此強大，不是殺死地球上所有人一次或兩次，而是一千兩百四十次。對小野田來說，這不符合戰爭邏輯，不符合任何可能的戰爭邏輯，甚至與未來的戰爭邏輯都毫不相容。

小野田想知道，據稱日本被投下原子彈後，發生了什麼事。如同剛才所說，那年是一九四五年。一九四五年八月，日本無條件投降。天皇透過廣播對人民說話，在此之前，沒人聽過天皇的聲音。天皇也在廣播中解釋，自己並非人間之神。這番話對小野田來說，簡直無可想像。因此，他認定鈴木來到此地，一定肩負欺騙他的任務。於是他又把槍口戳向鈴木的眉心。

「事實是，戰爭從未結束，只不過轉移了戰場。」

不過，鈴木絲毫不受影響。「在西方，德國輸掉了戰爭，他們投降的時間甚至比日本早了幾個月。」

小野田說：「不對，戰爭仍舊持續進行，西方依然在打仗。我親眼所見就是證據。」

「證據？什麼證據？」

「我看見一批又一批的軍用飛機從頭上飛過。就在這裡，就往這個方向，朝西飛去。」

「什麼時候？」

「好幾年了。」

「何時開始的？」

「一九五〇年。有轟炸機，也有運兵船、軍艦。」

「那是韓戰。」

「韓戰？什麼樣的韓戰？朝鮮是我們的。」

「共產黨趕走了日本人，美國接著對共產黨開戰。」

「那美國顯然輸掉了戰爭。」

「半輸半贏。今日的朝鮮分裂成共產主義北韓和資本主義南韓。」

小野田一下子無法消化這麼多的訊息。

「但是軍用飛機的移動始終沒有停止。」

「什麼樣的飛機？什麼時候？」

「不斷朝西推進目的地。美國的轟炸機直接飛過我的上空，越來越多，從一九六五年開始，編隊龐大。還有整個聯合艦隊，越來越大、越來越多。而你還想說服我戰爭有一天結束了？」

「那是越戰。」

「是什麼？」

小野田往後靠。這一夜漫長無際。蟬，不在乎什麼是戰爭、什麼是和平，戰爭如何命名、又是由誰賦予名稱。牠們再度揚起更加高亢的單調鳴叫，現在這是牠們的戰爭，但或許也是和平協議，我們對此所知甚少。明月。拂曉的曙光照得月亮越發蒼白，一顆不具深刻意涵的星體，早在人類存在以前，便已如此。

小野田和鈴木不約而同眺望明月，就像是沒有事先約定好的密謀。「人類登上了月球。」鈴木輕聲說，好似要小心別一次透露太多令人震驚的訊息。

「什麼時候？怎麼辦到的？」

「還不到五年之前。人類發射火箭和太空艙，保護飛行的太空人。我不想這麼說，但他們是美國的太空人，我們以前的敵人。」

「美國仍然是我們的敵人。」

「其實已經不是了。他們甚至參加我們舉辦的奧林匹克運動會。」

小野田說：「我知道這個運動會。」

鈴木覺得很神奇。「怎麼知道的？」

「敵方特務在島上許多地方，放置精心製作的日本報紙，有些內容看起來十分可信，不過那都是為了要把我引出叢林。」小野田停頓了一會兒。

「我會繼續我的戰爭。我已經爭戰了三十年，還可以再打好幾年。」

「但是，我向您解釋的一些事實……」

「我會再衡量。」小野田打斷他的話。

鈴木低聲問：「您如何才會相信戰爭已經結束了？」

小野田陷入沉思。

「從飛機拋擲下來的勸降傳單，全都是捏造的。這點我可以證明。」

他比較像自言自語，而非對眼前的不速之客說話。

「要我投降，只有一個條件。唯一的條件。」

鈴木問：「什麼樣的條件？」

「如果我的指揮官來到這裡，下達軍事命令，要我停止敵對行動，我就會投降。只有這個條件。」

鈴木立刻接受這個想法。

「請讓我努力把人帶來這裡。不過，不論帶來哪一位軍官，他都必須先恢復軍職。而根據最新的憲法，日本目前只擁有規模很小的防衛軍隊。」

鈴木開始計算。

「兩到三天我就能返回東京，約莫需要十天安排一切。我可以在三個星期後回到這裡。」

小野田思索一會兒。「很實際。」

鈴木連忙又說：「我們就約在這裡碰面，您覺得這個建議怎麼樣？我會將您的長官帶來，沒有菲律賓軍隊，也不會有其他人，只有我和他。」

小野田的語氣也變得正式。「我接受。但是，如果你想欺騙我，我不會給予警告，就立刻向你和你身邊的人開火，無論那人是誰。」

沒有握手，只是簡單扼要鞠個躬。兩個男人沒有任何肢體接觸。鈴木感覺受到激勵。「可以為您拍照嗎？」

「不行。」小野田說。「除非我們兩個同時出現在照片上。」

鈴木立刻找出照相機。由於沒有三腳架，他把照相機放在背包上，跳回兩公尺外蹲在地上的小野田身邊。

「等下會有閃光燈。您絕對無法想像，這張照片將會轟動全世界。」

小野田說：「拿著我的武器，這可證明我信任你。」

閃光燈照亮兩名男人。小野田打量著鈴木，眼神嚴厲。

「部分信任。至少是部分信任。」

盧邦島機場

一九四四年十二月

機場很小，柏油常年經過大雨沖刷，裂痕斑斑，早已年久失修。遠處有幾棟低矮建築，波浪板鐵皮屋頂斑駁生鏽，在在呈現出程度殊異的破敗狀態。機場另一側，是遼闊的大海；在北方，卡布拉小島躺在霧色中。一艘日本運兵船停錨在近海。笨重的登陸小艇將日本士兵送上船。一營困頓不堪的日本士兵列隊集合，身上的制服尚未完全洗掉原始森林的泥濘，幾名士兵腳穿膠靴，一定是來自當地居民。他們邁步前進登陸小艇，經過兩架已被移出跑道的戰鬥機，機身受損慘重。

谷口少校以及三十年前的小野田，站在一棟空蕩蕩的機棚的陰影下。

小野田筆直立正，正在接受上級的指令。少校的態度嚴肅正式。

「小野田少尉，我在此向你傳達參謀本部的命令。」小野田身體挺得更直了。

「報告少校，小野田少尉接受命令。」

「你是此地唯一受過祕密作戰、游擊戰訓練的人。」

「是的，少校。」

谷口說：「命令如下：一旦我們軍隊撤離盧邦島，你的任務即是守住該島，等候皇軍返回。採取游擊作戰，不惜一切代價保衛這個地區。無人下達命令，你必須自行做出決定，自力更生。從今而後，不再有任何規定，規定由你制定。」

小野田絲紋不動。「是的，少校。」

「只有一個例外。」谷口繼續說。「不准你了結自己的性命。如果遭到俘虜，你必須提供敵人大量虛假情報。」

谷口示意小野田跟著進入差不多被清空的機棚。這裡的一切都是暫時的，沒有維修中的日本飛機，只有雜亂堆積的口糧和軍事裝備。兩名軍人走向仍舊貼著各式地圖的牆面，其中一張是盧邦島。少校指著那張地圖。

「從現在開始，即使尚未全面撤退，你依然有兩項立即的戰略任務。首先，島上的炸藥全部移交給你，屆時用來摧毀這裡的機場。其次，使用剩下的炸藥摧毀蒂利克的棧橋碼頭。兩個目標都是敵軍的首要入侵地點。」

小野田研究著地圖。島嶼呈長條狀，長度僅約莫二十五公里。中部是山區，覆蓋著濃密的叢林，沒有街道或聚落。蒂利克對面，離北海岸的盧邦市不遠，是相距約八十公里的馬尼拉灣。在叢林的另一邊，亦即盧邦島狹長的西南端，地勢平坦，但是沒有明顯可見的道路。只有盧克市這個小聚落。

小野田詢問：「少校，我有多少人手？」

少校說：「我們會為你組織一個小隊。不過，當中無人接受過祕密作戰的訓練，也無人知曉你的命令。採取這種作戰方式，你將沒有機會獲得榮譽勳章。」

「我並非為了榮譽勳章而戰。」

兩人不發一語。

小野田問：「少校？」

「你現在儘管開口，這是你的機會。」

「我僅負責盧邦島，還是也延伸到其他區域，如周圍的卡布拉島、安比爾島、古洛島？」

「為什麼這樣問？」

「少校，盧邦島不是特別大，而且約莫只有三分之二覆蓋著原始森林。對於游擊戰來說，地域十分狹小。」

少校回答：「不過，盧邦島的戰略地位更重要。一旦皇軍凱旋歸來，我們將以此地為跳板，攻占馬尼拉。馬尼拉是敵軍兵力集結之處。」

小野田的表情深沉。

少校不容許疑慮出現。「你將透過叢林進行作戰。你的戰爭純粹是消耗戰，從不同的藏身之處，展開小規模戰鬥。你是個鬼魂，捉摸不透，是敵軍永遠的夢魘。你進行的是一場沒有榮耀的戰爭。」

盧邦島

一九四五年一月

之後，最初幾天的記憶——也許只是夢——模糊難辨，開始有了自己的生命。記憶片段變化又重組，難以捉摸，沒有模式，彷彿落葉旋舞翻飛，但能透露其從何而來，將往何處。例如，一輛遭到日本兵扣押的貨車，在泥濘路上顛簸行進。貨車不久前仍在載運泥土和木頭。地勢平坦，天空正在下雨。這裡是島的北部。濕漉漉的香蕉樹佇立兩側，稍遠處是椰子樹。幾頭水牛站在覆蓋著棕櫚葉的小屋旁，平和寧靜，彷彿好幾個星期沒有移動半毫。車斗上，小野田和其他六名士兵蹲坐在一片帆布底下，全身濕透，身體沉重且僵硬。在如此糟糕的防護下，一名二十出頭仍顯稚嫩的年輕人，與小野田肩挨著肩，他是島田伍長。菲律賓村民攔下貨車，請求他們讓一頭生病的水牛上車，但日本兵不答應。

彈藥庫位於叢林邊緣，臨時搭建的，像是由流離失所的難民拿波浪鐵皮倉促拼湊而成。風勢強勁。低矮群山的斜坡由此地起升，密密麻麻覆蓋著氤氳蒸騰的森林。日本兵跳下貨車，打開彈藥庫寬大的門，門只是由木框和生鏽的鐵皮組成的。陰暗中，浮現層層堆疊的炸彈和手榴彈。狂風怒吼，忽地撕開士兵手中的門，狠狠砸在建築物上，鐵皮迸飛出幾塊碎片。一面波浪鐵皮鬆垮垮掛在木框上，被暴風吹得嘯嘯吟唱。

小野田怒火中燒，但他隱忍未發。或者，這一幕是後來在他記憶中形成的？就在彈藥旁邊，粗心放著幾個鏽損、凹陷的鐵桶。小野田拿一支竹棒檢查鐵桶內容。「島田伍長，這些桶子裡裝滿了汽油。彈藥和汽油絕不可一起存放。負責的是誰？」

島田聳聳肩。「早就沒人恪守軍隊規章了。」

小野田放大音量，讓所有人都能聽見。「從現在開始，由我負責。我們所有人都承擔同樣的責任。我們是軍隊。」

島田環顧四周。「少尉，我明白了。一支七人組成的軍隊。」

島田在農村長大，很快就想到解決方法，得以載送五百多公斤最沉重的彈藥。

「少尉，」他保證說，「在家鄉，我們曾經從泥坑抬起一頭重達千磅的公牛。」在他的指導下，一根樹幹很快變成了槓桿，支點在好幾個疊起來的油桶上。將口徑巨大的炸彈綁在抗力臂後，就這樣抬上貨車的車斗。小野田運載彈藥一抵達機場，立刻與負責該地的早川少尉發生衝突。早川少尉不願意調派他營中士兵，協助將炸彈放置在機場。

他簡短說：「撤退的部隊利用通往海洋的跑道，作為撤離重型軍用設備的道路。」此外，早川還希望確保機場完好無損，等待帝國空軍再度贏得制空權。然而，小野田接有不可聲張的祕密指令。

他說：「如果不徹底摧毀機場，敵人將會奪回機場，再次使用跑道。您是否獲悉已下令全面撤離盧邦島了？」

早川搬出宣導內容脫身：「我光榮的空軍仍將需要這座機場，我們只是暫時撤離到更好的陣地。」

盧邦島，蒂利克

一九四五年一月

黑暗中騷動不安。蒂利克的棧橋碼頭，向海灣延伸出約七十公尺。小野田和手下忙著將炸藥和其他爆裂物固定在碼頭的橋墩上。在他們上方，不知所措的日本士兵，試圖在黑暗中尋找載送他們撤退的船隻。只有幾支手電筒在暗夜裡描繪出迷亂的軌跡。士兵跳入下錨停泊的漁船，但船上沒有任何人員。一艘登陸小艇終於接走群龍無首的日本兵。日本軍隊的撤退完全脫序無章。

小野田下指令，每隔十公尺在橋墩上設置炸藥，準備進行摧毀任務。島田伍長以電線連結炸藥，不過他也很務實，還額外安裝了引線，因為他不相信這種情況下的電力供應。他把手電筒咬在齒間。有名軍官察覺橋下的動靜，把小野田找來問話。「你將炸毀此處碼頭，我沒說錯吧？」

小野田說：「是的，上尉，那正是我的計畫。」

「立即停止，這是命令。」

小野田十分冷靜。「我接有特殊指令。」

軍官大為光火。「你看不出我們自己人在使用棧橋嗎？明日白天，可能還有更多部隊過來。按照目前狀況，至少會持續好幾天。島內有些部隊已與我們失去聯繫。」

小野田思索了一會兒。「我的指令賦予我一些彈性。不過，敵軍很快就會進駐此處。因此，我方軍隊一旦撤離島上，摧毀行動就會立刻進行。」

黎明曙光中，小野田指示貨車停靠在蒂利克碼頭外緣。他收集重要的物資，包括裝著步槍子彈的廢棄彈藥箱、手榴彈，以及野戰廚房旁的米袋。廚房旁邊，有座每一面都捲起來的大帳篷，簡單的行軍床上躺著士兵。小野田這才意識到此處是野戰醫院。一名傷兵直起上身，請他留下炸藥。大部分的重傷者，希望在落入敵軍手裡之前，先了結自己的生命。

小野田問：「沒人將你們撤離嗎？誰來接你們？」

傷兵回答：「沒有人。」

「沒有人？」

「我們被徹底遺棄。昨天還有兩名醫護人員，但是他們一入夜就離開我們，據說要去照顧蒂利克的傷患。不過我們知道，蒂利克和附近地區已經一個星期沒有發生戰事了。」雖然傷勢嚴重，這名士兵仍舊在行軍床上坐起。「我知道如何引爆炸彈。」

小野田飛快想了一下。「我留下部分彈藥給你。你還有辦法引爆手榴彈嗎？」

士兵保證說：「如果您在我身邊放置彈藥，我便無需扔擲手榴彈。」

從這裡開始，小野田的記憶變得模糊不清。唯一清楚的是，他無法炸毀盧邦機場。所有單位都與他作對，無人為他調派士兵，而他也無權限指揮早已無軍官領導的雷達兵、空中偵查部隊、戰機地勤人員，以及負責海軍作戰的小組等單位。不過，小野田打算讓敵軍親手摧毀機場。他和幾名不情願的地勤人員將兩架戰機殘骸拖到跑道，簡陋布置成從空中俯瞰像正要升空的飛機。

小野田表明：「我們早就應該朝此方向進行作戰。」

早川少尉認為這種作戰形式是種侮辱。「我會在光榮的戰鬥中，為了天皇的榮耀而戰。」

小野田問：「怎麼做？」但是早川認為這種懦弱行為不值得回覆。小野田在日後的漫長歲月裡，反覆思考自然界生物的防衛方式。如蛾擬態融入樹皮圖案，魚身顏色與河床卵石相符，昆蟲看似有如樹木綠葉。蜘蛛彷彿魔鬼豎琴手撥弄琴弦，奏出媚惑旋律，晃動敵對物種的網，使其看似抓到了蟲子；好奇之下，織網的主人靠上前，一步步墮入厄運。響尾蛇以其響環，轉移兔子對致命危險的注意力。深海魚發出亮光，激起小型魚類的好奇，進而誘入陷阱裡。自然界的生物如何自衛？如瓢蟲四腳朝天裝死；仙人掌與特定樹種或動物會刺人，如豪豬屬的刺蝟；帶刺的魚類，能夠膨脹到圓滾滾的，大到讓自己無法被吞嚥；有毒的黃蜂、蕁麻、蛇等；電鰻的電擊；臭鼬散發出噁心的化學物質；墨魚噴出無法看透的混濁墨汁。誤導、使用詭計、擬態，都是小野田想從自然界師法的原理，無論光榮還是卑劣，皆不過是用於作戰以及達成戰爭目的。與其搖旗吶喊衝向前線，他寧可隱形，成為一個無形無體的夢，一團吹拂著危險的霧，一個謠言。因為他，所以叢林不該只是叢林，而是一片氤氳著危險、潛伏著死亡氣息的風景。

小野田和島田最後一次將貨車停在臨時野戰醫院時，這裡的情況依舊絕望無助。小野田把手榴彈留給那名傷兵，他已經幾乎沒有知覺了。行軍床投射過來的目光默默追隨著他們。小野田調度貨車停在醫院旁邊，與島田肩負沉重的背包，拿起步槍。小野田腰帶上別著十七世紀以來的傳家武士刀，他始終小心翼翼收藏在輪駐的各個營房中。他們兩名軍人朝傷兵的方向敬禮後，便悄無聲息進入叢林，山脈從此處開始爬升。

盧邦島，原始森林

一九四五年一月底

小野田和島田裹上幾條髒帆布偽裝後，蹲縮在叢林一處斜坡的濃密灌木叢中。夜晚，遠方隆隆砲聲和零星爆炸聲一波波襲來，有如海浪捲擊陡峭的海灘。一束束曳光彈，在黑暗中勾畫出一條條的線。一團大火搏動閃躍，恍如巨獸吸著熾熱的炭火。小野田將一根濕掉的木頭撥到一旁。「是蒂利克，正如我們所預料。這是侵襲。」

島田猶豫著要不要說出真相。不過，從這一刻開始，即使真相會有所變化，會發展出自己的生命，但簡單的事物就是真相。「我們並未摧毀棧橋碼頭。」

小野田久久不發一語。「我內心充滿羞愧，但那已於事無補。」

島田想要安慰他。「這次的攻擊強度十分劇烈，難以抵擋。因此可以確定，無論是否有碼頭、是否有我軍部隊，美軍都會登陸。」

隔天，小野田和島田爬上雙子山頂。他們左側遠方，浮現大海的蒼白線條。日本軍隊先前挖了一條壕溝，足以庇護十幾名士兵。幾名潰散的士兵了無生氣蹲在地上，衣冠襤褸，心灰意冷。附近架著一頂帳篷，然而當中無人，彈藥箱散放各處，一個米袋被撕開，還有廚具，一切擺設毫無章法。

小野田問：「這裡由誰指揮？」

一名士兵回覆：「我們全靠自己。現在我也要走了。」他也確實採取行動，從戰壕裡爬出來。

他計畫一路向南，前往盧克市附近的島嶼底端。從山頂上，可以觀察到馬尼拉方向，東方海面的大型活動。敵軍部隊雖然大舉登陸蒂利克港，不過對美國侵略者來說，只有位於北區的盧邦市和蒂利克才重要。然而小野田堅信，美軍將拿下整座島嶼。不過，那名士兵依然上路，另外又有兩名士兵跟隨他爬出泥濘的壕溝。小野田阻止不了他們。士兵拒絕聽令於他，邁著大步離開了。壕溝裡剩餘的士兵，把身子壓得更低，避免與小野田目光接觸。他看著那些背影問道，他們在這裡要如何進行抵抗？一支配備大砲、迫擊砲和機關槍的龐大部隊將會出現，遑論還加上美國空軍的空中支援。一名士兵看向小野田，說：「事實相反，進行空中支援的將是我們帝國空軍。」

小野田受夠了。他抽出武士刀，指向原始森林。「跟隨我來，這是繼續作戰的唯一機會。待在山頂這裡，無人能倖存，到南端也一樣無人能活。」

他走進叢林最茂密的地方，除了島田，沒有人跟上來。樹葉晃動了好一會兒，綠葉築成的牆最終吞沒了他們。

盧邦島

一九四五年二月

時間，原始森林。原始森林不承認時間，兩者彷彿形同陌路的手足，幾乎不相往來，彼此頂多是相互輕視。日以繼夜，日復一日，不過季節變化並不真的明顯，充其量是雨量旺盛的月份和稀少的月份。叢林中，物物相剋相殺，以求爭曬更多的陽光，維持永恆不變的常量；無論月暗星淡的黑夜是否降臨，皆無一物能改變原始森林強勢無情的存在。鳥囀與蟬鳴，宛若一長列火車在軌道上緊急煞車滑行，卻好幾個小時怎麼也煞不住。接著，彷彿受到神祕指揮家的指揮似的，卻又乍然靜默，瞬時全部止歇，合唱團驚慌得屏住氣息。小野田和島田不約而同，倏地在樹葉叢裡蹲下。連鳥兒也不再啁啾，這是種警告？有危險逼近？沒有任何動靜。忽然，震耳欲聾的蟬鳴又唧唧響起，同時之間，毫秒不差。

島田冒險開口低聲說：「我知道米倉藏在哪裡。」

「在蛇山。」小野田推測說。

「不是，離蛇山稍微遠一點，在五百山丘。」島田十分清楚。「我希望米還在。」

五百山丘是理想的眺望點，盧邦島上的一個至高點，但不像島上其他高地覆蓋著原始森林。突出的山丘有如無毛髮的圓形頭顱，只長滿了半高的雜草。從此處望去，島嶼北部與西部盡收眼底。小野田與島田在相鄰森林的掩護下，很長一段時間靜止不動。他們下方的森林邊緣有東西在動，傳來一個聲音。他們始終紋風未動，那股野生動物般的耐性，人類幾乎難以理解。在野外，貓科動物絲毫不動是很自然的。小野田現在就是動物，一頭身上有斑紋的動物。他拿著望遠鏡觀察前方原始森林，絲毫沒有任何動作。接著，他將望遠鏡遞給島田，緩慢得像電影的慢動作；簡單的遞送，感覺持續了好幾分鐘、好幾週，彷彿望遠鏡很有耐心地從一隻手長到另外一隻手上。還是說，那只是罕見的、從未感知過的秒，擁有了月的長度？

島嶼北部田地平坦，有稻田、椰子樹，坐落著幾處村莊，各有五、六間吊腳樓，屋頂搭覆著棕櫚葉。遠遠傳來隆隆的爆炸聲。整個北方海岸籠罩在霧氣之中，上方又覆著一層明顯烏灰的雲霧。島田發現遠處機場有火光。他把望遠鏡遞回去。這一刻起，兩人之間的言語不過是種輕聲細語。小野田巋然不動。「美國人炸掉了他們本來還可使用的跑道。」他低聲說。「這是場勝利。我們的首次勝利。」

兩名軍人大受鼓舞，離開了藏身處。小野田始終貼著叢林邊緣行動，用火力掩護暴露在野外小心前進的島田。島田跑到乾掉的棕櫚樹枝旁，一一移開枝椏。底下藏著鐵桶，除了最後一個裝滿稻米，其他都是空的。旁邊的木箱裡，滿滿的彈藥、幾千發子彈、機槍彈鏈。兩名軍人又把找到的物品仔細遮蓋好。小野田拿幾粒稻米放在手掌上，對著陽光仔細檢查。沒有潮濕，也沒有發霉。不過，附近樹木一陣顫動。小野田的手也隨之抖動，不是真的顫抖，較像馬兒震動皮膚趕驅麗蠅時的毛皮晃抖。稻粒飛走了，但顯然不是被吹走的。接著湧現一陣震波，好幾秒後，才從遠方傳來強烈爆炸的轟隆巨響。小野田立刻明白，那一定是野戰醫院。毫無疑問，那些傷兵把自己給炸飛了。小野田和島田向爆炸傳來的方向深深一鞠躬，久久沒有起身。

接著，小野田和島田出發了，走進橫亙在他們面前的數十年。他們經常倒退走，留下指著錯誤方向的足跡。他們就這樣遇見兩名趴在不遠處的日本士兵，槍已上膛就射擊位置。小野田和島田馬上尋找掩護。其中一名日本士兵以為援軍來到，跳了起來，卻立刻被壕溝另一邊的火力射中，應該被擊斃了。第二名士兵也犯同樣錯誤，起身朝小野田以「之」字型奔來，小野田朝看不見的敵人開槍掩護他。那名士兵沒有被射中似乎是個奇蹟。他撲向小野田與島田之間的林邊小坑。美國人的聲音響起，顯然正在撤退，叢林對他們來說太危險。小野田攔阻新來者回去援救同袍。死者只會增添負擔。

小野田問：「您是誰？」

「小塚上等兵。」

「躺在那邊的是誰？」

「村中伍長。」

「我是這裡負責的軍官。如果伍長還有生命跡象，我會帶他到安全的地方。請掩護我。」小野田滑下身上的背包，抽出武士刀。他如同盛怒中的武士一躍而起，衝向敵人，動作充滿儀式感；然而敵軍已經撤離了埋伏地點。小野田來到俯臥在地的日本兵身邊，將他翻過身來。他已經斷氣了。

夜晚。現在有軍人三名。他們在森林一處凹地生起小火，藏身在蒼鬱茂密的枝椏之間。小野田陷入沉思。「我持刀進攻彷彿像電影，我是扮演武士的演員。這是不可原諒的錯誤。這場戰爭如今有些不同了，展現英雄行徑不是我們的任務。我們必須隱身，必須欺敵，必須有覺悟做出不光彩的事情，心中卻不忘保持武士的榮耀。」

三名男人煮了些米，進食，沉默不語。接著，小塚報告說自己是機場守備隊員，他們一共有七名士兵。原有另外四個人加入他們，但幾個小時又離開了。沒有指揮官帶領他們。小野田想要知道他們怎麼會中了埋伏。小塚說，沒人預期到敵軍會從南方欺近，對方一定是從大海登陸上岸。遭到攻擊之前，他們都覺得自己很安全。最後只有村中和他逃到了高處。

小野田問：「被殺死的有誰？我認識這些士兵嗎？」

「伊東、末弘、笠井（皆音譯）。」

小野田說：「我認識笠井。」

「笠井頭部中彈身亡，然後是大崎（音譯），現在村中也走了。我們以前是同學。」

三人陷入沉默。小塚飢腸轆轆，用手指刮乾淨已經空了的鍋子。三天前執行機場任務時，是他最後一次用膳。小野田好奇機場後來發生了什麼事，他觀察到了火光。

小塚報告說：「美軍戰鬥機進行攻擊，掃射機場上的假飛機，我軍並未反擊。」

小野田說：「假飛機是我設置的。」

「原來是您誤導了敵軍。」

小野田並未露出笑容。「美國人親手摧毀了他們未來進攻時可起降的基地。」

小塚猶豫著要不要說下去。「他們並未真的摧毀了跑道。」

「什麼意思？」

「他們沒有投擲炸彈，沒有留下彈坑。」

「而是？」

「他們只是從戰鬥機上使用機槍將假飛機射成火球，幾乎沒有在跑道上造成坑洞。」

小野田不發一語。過了一會兒，他直視新同袍的臉。「我失去了榮耀。先是至今仍舊完好無損的蒂利克碼頭，現在是機場。從此刻開始，攻擊敵軍、削弱對方戰力、進行撤退，一切要立刻進行。」

小塚自然而然加入現在由三人組成的單薄小隊。

「我們在盧邦島上的人都知道，您的上級禁止您執行蒂利克碼頭計畫。不過，我們仍能完成多項任務。我們三人可以採用許多方式與敵人作戰。他們怎麼找得到我們？美國人笨拙又遲鈍，不善巡邏，何況還對叢林心生畏懼。」

夜晚，三人在濃密低矮的灌木叢中搭建帳篷，小塚時不時發出鼾聲。

小野田輕手輕腳走向正在站哨的島田。兩人斟酌著要不要留下這個新來的人。不過他們也明白，小塚身強力壯，不僅失去部隊，也漫無目標。但小野田認為他還必須證明自己的價值。隔天上午，小塚似乎離開了。就在小野田低聲詢問島田他的下落時，兩人同時聽見了聲音。小塚在附近站哨，以樹葉偽裝自己，簡直與原始森林融為一體。此外，他還發現了淡水，就在他們下方幾分鐘腳程的地方。他已經煮了一鍋，蓋上香蕉葉。他帶著幾名潰散的士兵離開駐地後，只要一喝溪水，幾乎就會腹瀉。接下來幾十年，為健康而戰將決定一切。除非他們直接飲用大葉片上的雨水，否則一定把水煮開。

盧邦島，蒂利克近郊

一九四五年二月底

此處曾經是臨時野戰醫院。小野田與兩名同袍小心翼翼勘查此區域。蒂利克市離此不遠，已由美軍占領。沒有任何跡象能透露此處不久前是什麼地方。小野田在一棵樹上發現有點超現實的物品，一隻靴子，鞋帶纏住了樹枝，是日本軍靴。三人步出隱藏處，逐漸走近，才看見讓他們僵立原地的景象。眼前是爆炸後形成的大坑，坑底積著水。什麼也沒有剩下，沒有帳篷，沒有屍體，甚至連殘骸都沒有，一切都蒸發了，直接從物質轉化成熱能。三人默默行禮致意。

小野田知道，唯有冒險進入開闊地區獲取補給，才能生存下來。叢林裡什麼也沒有。若想取得食物，勢必會暴露在危險中。耐心觀察形勢後，他們行動必須快又準確，突進才會成功。在平原上，敵軍輕而易舉就能看見他們，唯有夜間或磅礴暴雨中，視線才會受限。夜幕降臨，三名軍人潛入棕櫚樹林。不遠處，忽有一名小女孩帶著幼犬走過，三人大吃一驚。小女孩哼著歌，沒有注意到他們。狗兒朝著小野田的方向吠叫。但是天空又下起雨來，小女孩加快腳步，狗兒也跟著走開了。

他們撿走四散在地的椰子，外層仍舊包裹著又厚又硬的椰殼。夜晚，他們在藏身處試圖弄掉外殼。小塚拿小刀撥弄，小野田拿刺刀戳，都只是白費力氣。軍校裡沒有教過這類課程。最後是島田找到了解決方法。他把椰子與枝幹蒂結的一端放在平坦石頭上，再拿一顆大石頭敲擊綠殼尖端，厚硬殼往外鼓起，就能毫不費力拿刀剝掉果仁外圍厚厚的綠色纖維層。

小野田說：「這個農村出身的男孩果然懂得問題的解決之道。」

「不是喔。」島田開玩笑說。「那是智慧。我們老家農場可沒有椰子樹呢。」

第一次出現了輕鬆的時刻。未來幾十年的重量，將徹底抹滅這類時刻，包括此時。有聲音。三名男子頓時凍結不動。小塚指著自己的耳朵，頭輕輕一偏，表示聲音從下方傳來。小野田謹慎抓起武器。是有人靠近嗎？萬物俱寂，不再有任何動靜，只有雨水滴落枝椏的聲音。

「掩護我。」小野田向小塚打信號，只動了動嘴唇，幾乎像是耳語。他一躍而起，直衝向前。營地下方樹叢一陣短暫混戰。一聲驚叫，響起口操日本話的陌生聲音。

「我是自己人，是你們的朋友，一名日本人。你們是誰？」

「你又是誰？」小野田喝斥他。

「赤津。赤津一等兵，隸屬於藤津（音譯）伍長指揮的機場留任部隊。」

「你為什麼沒跟著自己的部隊？」
「還有，你的武器呢？」島田問。「我們這裡只需要配備武器的人。」
赤津道歉。「我們開拔得太突然，我來不及帶走步槍。」
「軍人不能沒有武器，那是身體的一部分。」小野田斥責他。「我背包裡還有一把手槍，但是沒有子彈。」
不過，島田對新來的人敵意更深。「你為什麼不回自己的部隊？」
「我的部隊遭到殲滅，少數剩下的人已經離開島上。」他摘下眼鏡。「我晚上看不見東西，幾乎是夜盲了。」他拿領巾擦拭眼鏡。「只要下雨，眼鏡就會起霧。拜託你們讓我留下。」
「你可以待到明天一大早。我們再決定怎麼處置你。」小野田的口氣淡然簡短。
在這漫長的一夜，小野田和兩名同袍得知了赤津的故事。他的所屬部隊幾乎沒有配糧，為數不多的存糧也逐漸消失殆盡。赤津確信是部隊裡幾名士兵偷走的。他們試圖栽贓給赤津，想藉此擺脫知道真相的他。他被送走兩次，每次又因為無法獨自生存而回到部隊。後來，部隊大部分士兵不小心誤闖菲律賓軍隊的臨時營地，遭到火力攻擊。五人陣亡，有幾人投降，剩餘的四十多人，最後仍設法登上登陸小艇。他和另外兩名一樣被部隊排擠的人毫髮無傷，不過那兩人隔天晚上也丟下他離開。敵軍試圖勸降潰敗的日本兵，透過日語廣播，提供一處供日本兵投降的地點，但是赤津找不到那個地方。

小野田問：「赤津一等兵，你可以告訴我們北方在哪裡嗎？」

赤津東張西望，一臉迷茫。沒辦法，儘管他很想指出北方，但就是辦不到。

「小塚上等兵，北方在哪裡？」小野田轉頭看小塚。小塚隨意把頭點向某一方向。島田點頭確認。小野田從背包拿出手槍，遞給赤津。「你知道怎麼使用手槍嗎？」

赤津感到尷尬。「知道。其實不知道。只知道大概吧。」

小野田說：「我得教教你了。」赤津於是暫時納入了小隊。

帳篷給四個人睡太小，度過擁擠的一夜後，小野田決定丟棄帳篷。太多軍用背包，容易暴露行蹤，被敵軍發現。現在開始，他們不在一地休息多日；現在開始，小野田不斷移動，有時候深夜也一樣趕路。赤津很快就遇到問題，他跟不上前面的人，經常掉隊。他向小野田道歉。「少尉，我盡力了。我從來沒進過叢林。」

「我們誰也沒待過叢林。」小野田直接了當說。不過，他也同情赤津。

赤津穿著不合腳的靴子，腳正在流血。

赤津無奈地說：「這裡是綠色地獄。」

「不是。」小野田說。「這裡也只是一座森林罷了。」

盧邦島，盧克眺望點

一九四五年十月

原始森林從此處陡峭下斜。盧克平原再由此地往南岸延伸，沿途有椰子樹、稻田，其中一畝田獨立於外，與其他的田不屬於同一個灌溉系統，那是白色頭巾女子的田。霧氣縹渺。盧克市沒入遼闊的沙岸海灣，沒有明顯的道路通往島嶼北部。海灣裡不見船隻，彷彿美軍從未在此登陸過。遠遠躺著古洛島，往東是安比爾島，兩座島全是無用之地，就像盧邦島在過去和現在也是無用之地一樣。唯有在不切實際的抽象操演計畫中，盧邦島才擁有存在的合法性。但這個合法性的弔詭之處在於，島上住的是幽魂。小野田和他的手下，正在觀察警戒。

一陣微風拂過原始森林，蜘蛛網輕輕飄飛，數個月時間也隨之流逝，沒有什麼能將之擱下，顫抖的枝椏不行，滴落的雨水不行。什麼都沒有，只有幾個呼吸。

幾個月過去，又是同樣的地點，同樣的小隊，依然動也不動觀察著眺望點下方的平原。小野田和三名士兵發生了變化，偽裝得更好，披頭散髮，衣服、裝備和靴子都塗上泥巴。他們已成為叢林的一部分。小野田指示赤津前去陣地下方不遠處的小溪取水。等赤津聽不到他們聲音後，三人便商量該怎麼處置他。島田拿不定主意，不過小塚建議將他趕走。大家內心裡都想擺脫他，帶著這個累贅，四個人的力量反而比三個人還要弱。但是，小野田另有打算，雖然赤津是個負擔，仍舊和大家一樣是軍人。

「如果我病了，你也會丟下我嗎？」他問小塚。小塚趕緊保證他會把少尉背在身上。一架小型飛機從盧克市飛來。聽到遠遠傳來的噪音，他們頓時楞住不動，變成灌木叢的一部分。小野田拿望遠鏡觀察動靜。飛機飛抵他們附近高聳參天的原始森林時，忽然拋出了什麼，看起來像是五彩紙屑，在風中撒落飛揚。

赤津取水久久沒有回來，三個人不禁推敲他發生什麼事了。迷路了嗎？被飛機嚇到？夜幕降臨，灌木叢終於傳來簌簌聲。赤津趕緊表明身分，免得淪為自己人的槍下魂。他為自己因躲避飛機不小心灑掉一些水而道歉。他發覺飛機丟出來的東西是傳單，有張傳單就卡在不遠的樹上。他吃力爬上去取下來，卻遭到火蟻叮咬。他的雙手確實腫了起來，腋下的淋巴結又粗又硬，人也發燒。不過，他還是找到路回來，因為他把南方的盧克市當做定位點，所以始終知道北方和陣地的位置。他想拿出胸前口袋裡摺疊起來的傳單，但手指又痛又腫，最後還是靠小野田的幫忙才取出。紙張的材質粗糙，內容是以日語寫的。

他們仔細研究內容。署名是山下將軍，第十四軍，日期為八月十五日。上面寫著，戰爭已經結束了。

「但是，現在已經十月了。」小塚淡淡地說。「而且傳單上也沒寫誰打勝了。」還有一件事，使得原本在各自心中的合理懷疑，迅速凝聚成一個顯然一致的事實：有些日文字寫錯了。小野田是第一個注意到的。傳單上要日本士兵走出原始森林，進入「寬闊開放的帶狀區域」，將武器繳給菲律賓軍方，看起來就像是不太會講日語的人翻譯的不純正日文。還有一個錯誤：「我們將『寄送』你們回家，回日本。」種種跡象，只可能推導出一個結論：這張傳單是捏造的，八成出自美國特務之手。即使日文字「送回，送返」與「寄送」的字型類似，仍可以排除是印刷錯誤。問題來了，敵方空軍不放棄追擊他們的理由是什麼？菲律賓地面部隊為何不久前才伏擊日本士兵，就如赤津的遭遇？即使如此，赤津心裡依然升起一絲疑惑，要是戰爭真的結束了呢？但是，小野田篤信這一切絕對是詭計，目的是引誘他們離開叢林。

「要是我們真的輸掉戰爭了怎麼辦？」赤津囁囁嚅嚅又問一次。然而，那只是讓小野田更加堅信，日本軍隊總有一天將光榮回歸盧邦島。這座島具有重大的軍事價值，日本將以此為據點，奪回太平洋地區，勢不可擋。他們肩負的任務是不容動搖的。

一陣漫長的停頓。島田嘴裡嚼著藤，小塚正在削木頭。小野田環顧眾人。「有人想要投降嗎？」他直視赤津的雙眼。「赤津一等兵，如果你想離開，我會讓你走，絕不會勉強。」

赤津想要了解其他人的想法。

「少尉，如果您要繼續戰鬥，我會留下來與您一起。」

「你呢？小塚上等兵。」

「我留下來。」

小野田又轉向赤津。「一等兵？」

「我也留下。我一個人能去哪裡呢？」

沒多久，另一張傳單更加堅定小野田近乎宗教般的信仰，堅信傳單是偽造品，而且敵人愚蠢又無知。傳單寫到小野田的故鄉和歌山縣——彷彿希望勾起他的鄉愁來軟化他。對他來說，最為確鑿的證據是提及他營隊的舊名稱。這個名稱是在日本戰略性撤退前幾週才更動的，小野田不清楚改名的具體原因，不過新的名稱聽起來更加勇敢、更有勝利感：「『暴風的搖籃』。我們將如颱風一樣席捲敵人，掃蕩殆盡。」

這時，有什麼東西開始了，不經意的，彷彿有個永久的同伴悄悄加入。是夢的手足，明確具備夢的質地：那就是無形無狀的夢遊時光；儘管在現時，一切都是真實的、是直接的、可觸摸的、陰森的、是不容駁斥的，如叢林、沼澤、水蛭、蚊子、鳥鳴、口渴、皮膚癢。夢有自己運行的時間，會倏地滾動向前或拉回，也會停頓、沉寂不動、屏住氣息，又或像隻毫無戒心的野獸受到驚嚇般猛然躍起。夜鷹嘯鳴，一整年過去了。香蕉樹一片蠟質葉子上的一粒水珠，瞬間捕捉到一縷陽光，一年又過去了。一夜之間，數百萬螞蟻大軍組成的隊伍憑空出現，在林木之間綿延而去，找不到起源，也看不見盡頭。這支隊伍堅定不移持續前進，連日不絕，最後同樣驀然神祕消失，又是一年過去。接著，在敵軍布下重重埋伏的強勢壓力中，獨自守著漫漫無期的夜哨。即使你遵循著時鐘的指針，看著夜空繞著北極星旋轉，白日卻不願意再降臨，只有突如其來的曳光彈的亮光。白日沒有來臨，沒有來臨，沒有來臨。我們生命之外的時間，似乎具有猛然爆發的特質，可是卻無法撼動宇宙擺脫淡漠。對於宇宙、對於人民的命運、對於戰爭的進程而言，小野田的戰爭毫無意義。小野田的戰爭，是想像而出的虛無與夢境融合而成的；不過，小野田的戰爭就這樣從虛無中誕生，是一樁從永恆奪來的了不起的事件。

盧邦島，叢林，和歌山支流

一九四五年十一月

在原始森林茂密叢生的山裡，河只是條清澈的小溪，流過平坦的石頭，飛瀑而下，直至阿格卡瓦揚和十屋村之間的平原，流速才減緩，河面變寬，泥沙淤積。小野田和他的手下在河邊洗衣，但並非一次清洗所有衣物，以便隨時應對突發狀況。一個人負責警戒，那人是小塚。小野田的軍用外套破爛不堪，胸前一個口袋幾乎快扯掉。雖然因為荊棘、低矮灌木或不斷移動，磨損了衣裝，但叢林中的腐敗，還有濕氣，才是瓦解一切的主因。

十屋村不遠處，一條棧道橫跨沼澤。小塚發現，棧道竹製欄杆的下方黏著一個口香糖。口香糖是嚼過的。問題在於，是當地居民抑或美國士兵黏上去的？小野田和他的手下知道，菲律賓島上的居民不嚼口香糖，絕對不可能。他們觀察到，那是美軍典型的奇特行徑。那麼，美軍仍駐紮在盧邦島上嗎？口香糖黏在這裡多久了？好幾天？好幾個月？口香糖長期暴露在熱帶氣候下，會產生怎麼樣的變化？仔細觀察並加上一點理解力，可以看出臼齒的齒痕，緊接在旁是另一顆有點萎縮的牙齒，跡象指出那是顆智齒。不過，美國人有智齒嗎？他們也和其他人一樣？他們的音量不是比一般人還要大嗎？是故意將口香糖黏在這裡讓人發現，以便誘導游擊隊員尋找錯誤的蹤跡？該怎麼辦？赤津想要嚼一下，體會口香糖是什麼樣的感覺。口香糖的感覺，那是什麼？如果美國人真有能力感受的話，會有什麼感覺？小野田命令將口香糖原封不動地留在原處。

幾個月後，他發現口香糖仍黏在原處。不過，他也確定口香糖大概移動了一個手掌的寬度，看起來也被壓得比較扁。大家對此辯論了一陣子，不過小野田清楚記得，口香糖被黏在竹製欄杆下方，以及距離支柱有多遠。這只說明了一件事：有人嚼過口香糖後又藏了起來。小塚把小野田拉到一旁，道出心中疑慮。會不會赤津趁人不注意嚼了口香糖？抑或，口香糖有毒或含有殘害身心的毒品？又或者，是島田偷偷嚼了口香糖，卻栽贓給赤津，想要藉此除掉他？詢問赤津，他否則動過口香糖。島田面對同樣的質問，感覺清白受到侮辱，好幾天悶著不搭理人。小野田忽略也向小塚詢問同一個問題，導致小塚彷彿是唯一無需置疑的人，造成他們很長一段時間內部不太團結。

再回過頭來——回到小野田的小隊躡手躡腳接近十屋村。寥寥幾間屋舍，全搭建在柱子上。夜的寧靜籠罩大地，其間摻雜著居民的聲音。沙地上的母雞，在小野田面前不為所動刨著地。出現了一隻狗，向遠處的入侵者隨便狂吠幾下。小野田跳起身，朝一處棕櫚葉屋頂開槍，葉片四散噴濺，母雞也紛紛驚得飛躍離地。第二槍、第三槍接著又迅速射出。居民驚慌尖叫。

「停火。」小野田喊著。「讓他們逃吧。」等到居民朝蒂利克方向奔逃，消失在路上的漫漫塵土中，小野田的手下才一一查看屋子。小野田不允許打家劫舍之事。小塚正準備把一個裝滿砂糖的罐頭放進背包，小野田即刻訓斥他，他們不是竊賊，而是軍人。最後他們只帶走一把螺絲起子、鐵絲、縫針、火柴，加上米之類的主食。島田從曬衣繩上取走一條毛巾、幾片布料，到時候可用來補綴制服。赤津找到一把波洛大砍刀。這時，忽然傳來貨車的噪音，把他嚇了一跳。敵人什麼都還沒看見，就已經連開數槍。赤津拿著手槍盲目回擊，島田也朝著看不見的敵人方向約略射擊。

小野田喊道：「停火。」

但島田仍舊繼續開槍。「他們射擊我們耶！」

小野田抓住他的手臂。「因為他們心生害怕。他們根本沒看見我們，只是在製造噪音。」

子彈打落島田頭上方的樹枝，一名菲律賓農村警察躲到滿載的手推車後面，尋求掩護。小野田瞄準他射擊。警察和手下快速撤退。小野田小隊一回到叢林，便急急前進。赤津落後隊伍。小塚想幫忙扛他的背包，卻被小野田攔阻。每個人都有自己的重擔要扛。他離開泥濘小徑，徑直走向陡峭爬升的原始森林。

盧邦島，原始森林，蛇山

一九四五年十二月

男人們在帆布上攤開戰利品，所有物品都攸關生存。臨時營地瀰漫著一股輕鬆的感覺。夜幕逐漸籠罩叢林。不過，火柴整個潮掉了。島田向其他人說明火柴已派不上用場，即使在太陽底下曬乾，也一樣無法點燃。小塚好奇他如何得知這類事情。島田提醒說，他出身農村。

入夜後，小野田指導大家今後該如何睡覺。他爬到灌木叢底下，地勢有點傾斜。

「你們找個斜坡，敵人一旦靠近，完全不需要起身，就看得到對方。步槍放在身邊，隨手即可拿取。帆布始終要披在身上，偽裝好自己。雙腳高高枕在背包上，睡覺時才不會往下滑。背包永遠要打包完備，隨時準備幾秒內就能離開。垃圾和自己的糞便立刻埋掉，以樹枝和葉子仔細掩蓋。不可讓人發現我們營地的蹤跡，不可讓人知道我們在哪裡過夜、走過何處。」三名男人默不作聲，他們全都了解。小野田接著明確解釋他對角色分工的看法。

「我不是你們的上司。你們並非正式分配給我。不過，我是你們的指揮官。」

隔天，男人們縫補衣物、整修裝備。小塚拆卸武器，發現零件全覆上一層薄薄的鐵鏽，叢林的濕氣無孔不入。小野田小心翼翼從刀鞘抽出武士刀，上面也有點生鏽。椰子到處都有，不過要怎麼弄到棕櫚油？沒人知道，島田也一樣。就算用兩塊大石擠壓椰子的白色果肉也沒用。不過，小塚想起一名曾經在歐洲義大利餐廳工作的廚師，那人後來住在他家鞋店隔壁。小塚記得廚師有次聊到義大利橄欖油瓶上的字：初榨冷壓。小野田好奇這和椰子油有什麼關係？小塚回憶和廚師的對話：初榨冷壓的油很貴，因為橄欖沒有煮過。換句話說，橄欖油是經過加熱製造的。等到幾名士兵能夠蒸餾出棕櫚油，已經又過了幾個星期。他們先從村子偷來鍋子，將椰肉磨碎，加水混合椰泥後，再以熊熊烈火加熱。由於遠遠可能看見煙霧，所以必須等待霧降至森林後才能製油。一開始，先出現濃厚的泡沫，等到泡沫消退，一層油便浮現了，可以小心撈起。從此以後，小野田的武器和家傳武士刀得以完好保存近三十年。同樣鏽蝕的彈藥，也直立存放油中，密封在偷來的玻璃罐裡埋進叢林，共有兩千四百發步槍子彈、幾百發手槍子彈，以及機關槍的大口徑子彈。小野田堅持不丟棄子彈，日後生火就能派上用場。畢竟乾火柴若無法源源不絕供應，該如何生火？他們曾經取一根木棍置於雙掌之間，在乾燥木頭上快速轉鑽，以製造足夠的熱能，希望引燃火絨，但多次嘗試都以失敗告終。那是小野田接受特戰訓練時學到的技巧，但是這裡的一切都太潮濕了。

幾個月後，他們躲在隱密處，拿望遠鏡觀察菲律賓幾名伐木工人，才學會島民在野外生火的方法。他們先將粗如手臂的竹子縱向劈成兩半，其中一半以楔子垂直夯在地面，像軌道一樣；接著，小心翼翼在另一半竹子的表面橫向割出一道縫，剛好割穿竹子。兩個人面對面跪著，抓住這半的竹子，將細縫對準軌道，來回快速拉動。壓力與摩擦製造出許多熱能，刮削竹子做成的小火絨終於開始慢慢發紅。濕氣太重或者下雨時，小野田便會添加少許火藥粉末，那是從平時沒有用處的機關槍子彈取出來的。經過短暫且激烈的摩擦後，一小撮火苗便噴燃而出。

一次撤退時，原本就有點落後的赤津不見了。派出去尋找的小塚沒有發現他的蹤影。天空下起滂沱大雨。男人們在龐然大樹下躲雨，雙腳沾滿泥濘，到處是蚊子、水蛭。大雨穿透了一切，即使拿大片樹葉罩著頭也阻擋不了雨勢。轟隆雨聲，狂吼咆哮，陰森駭人，迫使萬物沉默無聲，男人如此，大自然也一樣。

盧邦島，五百山丘

一九四五年底

赤津失蹤了兩天，始終不見人影，小野田、島田和小塚於是重新移埋彈藥，以防赤津若落入敵軍之手後洩漏埋藏地點。反正光禿禿的五百山丘附近的叢林，本來就是更合適的地點，因為從原始森林這裡望去，五百山丘沒有樹的圓形頂峰一覽無遺。除非敵軍具備巨大優勢，否則不會貿然前來。小野田再度給武士刀上油，以藤莖包裹刀鞘和刀柄後，直立放入樹洞中，最後拿土和樹葉謹慎遮住藏刀處。

赤津冷不防出現在通往山頂的叢林小徑上。儘管他在小徑留下清楚的足跡，仍無比欣慰地再次找到自己的隊伍。他說自己在背包帶子斷裂時脫了隊，還展示用藤皮湊合修理的背帶；後來迷了路，差不多快走到蒂利克才發現走錯。但回到蛇山，已經人去樓空，只好憑運氣亂走。赤津在五年後，一九五〇年，永遠脫離了隊伍，向菲律賓軍方投降。

從遙遠的地方傳來步槍射擊，伴隨著沉悶的手榴彈爆炸聲。敵軍發現了赤津的蹤跡。不過，小野田臨危不亂。一般在確認敵人位置後才會丟擲手榴彈，所以眼前的攻擊無非是製造噪音，代表了恐懼，是為了告知當地居民，他們正以威猛火力壓制日本游擊隊員。危險只存在於靜謐中。盧邦島很小，適合進行伏擊，甚至能同時埋伏在多個地點，設下天羅地網。小野田在將近三十年的孤軍奮戰中，一共躲過了一百一十一次的伏擊。

赤津投降後三個月，小野田和他的二人部隊看著一輛滿載大木箱的貨車停在六百高地的下方，從六百高地可以俯瞰恭廷（Gontin）和一屋村海灣。後來發現那些木箱都是擴音器。斷斷續續的聲音遠遠飄來，明顯說的是日語。仔細傾聽後，三人一致認為那是赤津的聲音，話音一再保證他受到尊重。不過，也不排除有人模仿了他的聲音。小野田推測赤津應該遭到虐待，被逼開口說話。那聲音再三重複，保證菲律賓人會送赤津回家，顯然是播放著錄音帶。但是，小野田反而更加堅信，一切都是敵軍引誘他投降的詭計。就如煙霧被風吹散，一陣微風隨後也帶走了聲音。不久，戰爭持續進行的跡象也逐漸明朗。空中的活動與海軍艦隊的航行，指出戰場向西轉移。然而，那應該是美國的下一場戰事了。

稻田，盧邦島北部平原

一九四六年初

稻田幾乎延伸至叢林邊。幾頭水牛在池塘裡打滾，全身浸泡在泥水裡。時不時有水牛晃動耳朵。田間小路上，一頭水牛被綁在雙輪車上，頭兒低垂，彷彿站著睡覺。一小群農夫戴著大草帽、穿著上衣、纏著腰布，正彎腰幹活，小腿泡在水裡。除了腳往前踩時發出的吧搭聲外，聽不見其他聲響。他們像啞巴一樣，沉默地幹著活，將鮮嫩的秧苗栽入水中的泥土裡。白日將盡，除此之外，時間沒有留下痕跡，彷彿時間是某種禁忌——真正的當下似乎從未存在，因為手的動作一做完，便已是過去；而每一個緊接而來的動作，即為未來。這裡的一切，都處於歷史之外，歷史沉默寡言，故而不允許存在於當下。插秧、收穫，又一次插秧。王國在霧氣中蒸發。闃靜無聲。在永恆的靜默中，忽然槍聲大作。農夫四散潰逃。

小野田和他兩名手下從叢林邊衝入野外。人人都知道他的意圖。小野田在潰逃者後面又補了一槍，小塚粗暴地朝拴在車上的水牛頭部射進子彈，島田手起手落，瞬間將死掉的水牛後腿切下。他們默契十足，之前已經做過多次。小塚沿著脊椎割下一長條肉。遠處村子沒人攻來反擊。泥濘裡的水牛百無聊賴，毫不躁動。接著，日本士兵扛著沉重的戰利品撤退了。小野田除了背包上的肉，懷裡還抱著水牛整個後腿，彷彿是把血流不止的傷者帶到安全地方。他們知道，夜色越來越濃，即使是裝備精良的敵人，也不會追著他們進入原始森林。

「霧是我們最好的朋友。」小野田邊說邊在冒煙的火中添加木頭，使其燃燒。整座叢林被霧包圍，天空飄著毛毛細雨。唯有在霧嵐中，他們才能隱藏濃煙以及位置。島田不斷將樹皮加入炭火中，深色的煙霧變成白的，與霧嵐的顏色無縫相融。臨時搭造的架子上，掛著肉條煙燻。在又濕又熱的氣候中，未經處理的肉一兩天就會腐壞。肉有其時，椰子有其時，米也有其時。小野田突襲莊稼，通常會沒收兩袋米，僅止於此。他不希望引來太多敵人，盡量不讓菲律賓軍隊登島，以免天皇軍隊歸來時遭遇太多敵軍。有次，他們摸黑深入蒂利克市內，結果兩方直接駁火。菲律賓一方有傷兵，島田左腿也受了傷，日後長久飽受折磨。從那時起，敵方人數顯著增加，明顯加重施壓給三名追捕不到的日本兵。在小野田極有可能經過的地方，一再出現伏擊和短暫交火。小野田謹慎得有如一頭野獸。叢林覆蓋的陡坡相當安全，但盧邦島上卻沒有一處水源不是危機四伏。小野田有時也會踏出叢林，朝驚慌失措的村民頭頂上空開一槍，只為了表明他依然存在，仍舊軍事占領著盧邦島。他成了一個傳說。對島民而言，他是森林裡的幽魂，提到他時總是竊竊低語。對於無法捕獲他的菲律賓軍隊，他的存在提醒著他們的無能；儘管如此，軍隊一提起他，卻也露出面對吉祥物時的仰慕之情。在一場衝突中，兩名菲律賓士兵槍口故意瞄準他頭頂上方，後來遭到懲處。不過，菲律賓軍方和當地居民也有人死亡。小野田從未詳談過此事，菲律賓當局亦無正式發布消息。反觀在日本，報章雜誌持續將他的孤軍奮戰烙印在大眾的意識中，強調這位孤獨勇士的神話，同時卻也慘痛提醒日本輸掉了世界大戰。

盧邦島

雨季，一九五四年

小野田和兩名手下日日移動，絕不留下蛛絲馬跡。只有在綿綿不絕的三個月雨季，才感覺安全一點。颱風季節大雨傾盆而下，宛如洪水，不太可能派出軍隊。小野田每到這個時節，就會以細木搭建一處牢固的小屋，地板架高。他的建物永遠蓋在最茂密、最陡峭的叢林裡，以棕櫚樹枝編織成屋頂，但未完全封起，面向山谷的一邊始終半敞開，以便隨時看見逼近的敵人。

小屋頂部搭了條排水溝，以防水從上方淹下來，茅坑則挖在戶外。米、大蕉和煙燻肉特別存放在洞中。三人尤其珍惜這段時間，因為相對無憂無慮，裝備得以整修，睡眠不受干擾，白日無需時時緊張。多年之後，只有一次，雨停了三個星期，敵軍小隊欺近他們藏身處，情勢千鈞一髮；最後對方並未發現他們。雨又下了起來，下得比往年還久，持續好幾個星期。每日、每時處在不確定當中，一成不變的規律形成了一種脆弱的安全感。當不確定感啃蝕精神時，他們才會產生爭執。小野田十分明智，不予以阻止，讓彼此的憤怒自行平息。

雨季是說故事的季節。小塚話不多，同袍幾乎不太了解他這個人、他的家庭、他家的小鞋鋪，以及他受召入伍時身懷六甲的年輕妻子。他總是猜測孩子的性別是男是女，完全無法想像自己會是十歲男孩或女孩的父親。島田比較坦率，喜歡大笑，會聊農場的家，使用日常工具的常識也豐富。不過，他們兩人怎麼也聽不膩小野田的事，關於他的家庭、他的年輕時期。即使共度許多年，故事也從未講完，因為小野田很慢才會吐露之前從未提及的細節。同袍們知道他隨哥哥前往中國，年紀輕輕就開了貿易行掙得大筆錢財；但是一直到二十多年後，小野田才承認自己十九歲已擁有一輛美國斯圖貝克（Studebaker）汽車，彷彿那是非常難堪的事。年輕的小野田是在中國駕駛斯圖貝克的第一人。

島田好奇問：「姑娘喜歡那車嗎？」

小野田思索了一會兒。「她們喜歡車多過於喜歡我。」不過他接著喃喃補充說，有一名女孩應該很愛他，因為他和別人交往時，她竟企圖自殺。他以前對待女子輕佻、對感情輕率，今日看來，實在是品行不佳。小塚十分好奇，他如何成為堅守原則的軍人，時時刻刻，無論白日黑夜，無論雨晴，無論是否面對攻擊或追捕壓力，始終堅忍不拔完成任務？小野田自己也不太確定。他說，或許是回到日本後開始的，尤其是接觸了武術，主要的轉捩點應該是接受棍棒對擊的劍道訓練。就這樣，他開始領會到日本精神，最終在進入軍隊後，徹底開啟了眼界。不過，劍道向他展示了戰鬥應該要回歸本質：兩個人，只以棍棒相擊。

他們的對話一次又一次來到此處。戰爭應該是什麼樣貌？如何縮減戰爭規模？就如他們的作戰，沒有軍隊、沒有大砲、戰艦，以及攜帶炸彈的飛機？但是他們的火器、他們使用的軍用步槍怎麼說？小野田從特戰課中學到，日本曾經有段時間，幾乎是在一夜之間放棄已廣泛使用的火器。這是他百說不厭的心愛話題。十七世紀初，在沒有任何官方決議下，武士紛紛放棄自己的火器，從那時候起，人與人再度只以刀劍戰鬥，充其量加上弓箭與矛，此外無他。這一切始於一六〇三年一場大型戰役，當時只有二十六人使用火器。島田反駁道，畢竟還是用了火器。不過小野田指出，文獻記載，約莫在那十年前的一場大型野戰中，光是其中一方，就有十八萬武士參戰。這支軍隊大約有三分之一配備火器，亦即六萬人左右。至於敵方有多少人使用火器，無法得知詳細，不過根據推測，一共使用了十萬多支火槍，另外加上大砲和野戰砲。十年後卻僅有二十六把火槍，那可表示火器幾乎完全消失了。島田想知道後來的發展。小野田說，火器又復甦了。無人確定沒有火槍的狀況持續多久，總之火器慢慢回來了。

小野田說：「有時候，我覺得武器本身有某種與生俱來的東西，無法受人類左右。武器發明後，是不是就有了自己的生命？戰爭本身不也是某種獨立生命？戰爭會夢見自己嗎？」沉思良久後，小野田才敢再小心翼翼說點什麼，彷彿他的想法是被火燙過的灼熱鐵塊。「這場戰爭可能只是我的夢嗎？我會不會受傷躺在軍醫院，多年後終於從昏迷中醒來，有人告訴我這只是夢？原始森林是夢，大雨，所有一切，都是夢。會不會盧邦島只是幻想的產物，僅出現在早期探險家虛構的航海地圖中，大海上住著怪獸，以及有狗頭、龍頭的人類？」

日子一天天過去。豪雨敲打在簡陋小屋。大水遠遠從山上將樹葉、泥土、斷枝沖刷而下。雨勢減緩後，他們檢查直立保存在棕櫚油果醬瓶裡的彈藥，修補靴子和依稀像是制服的制服。在漫漫大水從雲層降下的不成形的灰白日子裡，在濃霧中、在大自然蒸騰氤氳的冷漠中，他們煮飯、進食、睡覺，然後睡覺、進食、煮飯。小野田每年從藏匿處拿出家傳武士刀，仔仔細細清潔、上油潤滑。即使他生活在譫妄夢境中，那也是他最具體可觸的依據，不可能憑空杜撰，就猶如是抛向遙遠現實裡的錨。

不過，俗世的現實再度確確實實迫近。小塚生病了，出現血尿。島田從原始森林摘取藥草熬煮成湯給他服用，但沒有改善病況。忽然之間，小塚厭惡起一切，厭惡原始森林、豪雨、戰爭、湯藥，雖然他還是喝下，卻不信藥效。彈藥似乎也變得真實，不是指子彈，而是數量，儘管數字是碰觸不著的。小野田清潔子彈並更換新鮮棕櫚油時，也同步進行年度盤點。他把木棍放在地上，邊盤點邊移動。那是他自己發明的系統，有點像私人算盤，同時也當做日曆使用。剩餘步槍子彈有兩千六百發，平均每年消耗四十發。不過，即使預防措施再完善，依舊出現氧化跡象，最近幾年還有一些子彈無法擊發。理論上，這些彈藥應還夠再打六十多年的戰爭，但小野田仍堅持應謹慎用槍。否則敵人忽然大舉進攻怎麼辦？他們分散藏匿的彈藥若被敵軍發現怎麼辦？他小野田用盡最後一顆子彈時，年紀會是幾歲？

盧邦島，原始森林邊界

一九五四年

雨季過去了。原始森林霧氣蒸騰，數以百萬的鳥兒齊聲歡啼。男人們觀察著地形。小野田掃視原始森林與寬闊平原接壤的邊界。他的望遠鏡早已受潮多年，鏡片蒙上一層乳白色真菌。不過，即使只用肉眼，也能看見牛群停留在原始森林附近一片嫩草生長的狹長地帶，稻田在另一邊展開。島田非常高興獵物往他們走近，這樣肉就無需扛著走那麼遠了。

一頭牛在離原始森林邊緣不到十公尺的地方低頭吃草。三名軍人默不作聲，藏身得很好。他們動也不動觀察四周。沒有引人注意的動靜。島田終究按捺不住，還是離開了濃密枝葉的保護，慢慢靠近牛，槍口對準牛頭。剎那間，一切都亂了套，槍火從兩邊射來。是一場精心策劃的埋伏。子彈飛射而來的灌木叢間，枝椏碎裂飛濺。島田倏地轉身還擊，頭部卻直接中槍。他像樹幹一樣倒下。小野田和小塚瘋狂掃射。混亂中，兩名菲律賓士兵匆忙逃離隱身處，其中一人遭小野田射傷，又被同袍拖回樹叢。小野田步槍出了問題，有個彈匣無法發射。不過敵人也已經撤退。小野田考慮半晌後，在小塚掩護下跑向島田，但光看一眼，他就知道自己已施不上力，島田過世了。小野田激憤不已，朝敵人逃跑的茂密原始森林盲目射擊一槍。

盧邦島，西海岸

一九七一年

戰爭結束二十六年。淡漠的早晨降臨島上。太陽在紅橘交錯的奇觀中冉冉升起。一條條的雨水，飄灑在低地上空。古怪的昆蟲沿著藤蔓往上爬，看不透牠們的活動。小野田正在觀察高空上的B52轟炸機，大氣層劃出了四道飛機雲。小野田如今五十多歲，更加冷靜、更加堅毅。這裡的海岸由黑色火山岩形成，幾處小小的沙灘摻雜其中。他們背後山脈陡升，覆蓋著原始森林。海岸一望無際，暴露在危險當中。小野田仰躺著，小塚在一旁守衛。小野田把望遠鏡遞給他，其中一邊鏡片裝置尚未完全覆滿真菌。

小野田確信那一定是新一代轟炸機，他們觀察了好幾年，約莫從一九六六年至今。編隊規模日益壯大。小塚問：「是美國轟炸機嗎？」

雖然距離遙遠，看不清楚國家標誌，但是小野田毫不懷疑。「從克拉克空軍基地起飛？」小塚推測，不過小野田質疑這個可能性。「沒有一架重型飛機能在這麼短的距離爬升到如此高空，所以很可能是關島來的編隊。」這也合理解釋了戰區轉移到南亞或者印度。他為什麼想到印度？

小野田說明他的理論。「印度脫離英國獨立，西伯利亞從俄羅斯分裂出來，兩國如今和日本結合成強力同盟，對抗美國。」小塚逐漸焦躁不安。他們在此地耽擱太久，暴露在各方視線之下。小野田下令沿著陡峭叢林迅速向上撤退。

稠密叢林裡的一處棲息地。百鳥爭鳴，蚊子怒嗡。兩個男人緊緊站在一起。小野田技術過人，有個想法在他腦中盤旋許久：新一代飛機不再使用螺旋槳，能飛得這麼高，飛行速度一定比螺旋槳旋轉產生的動力還要快。

小塚問：「為什麼？」

「因為上空的空氣非常稀薄，飛機無法飛行，除非飛速極其驚人。」小野田把瓶子橫拿在空中，用自己的觀點解釋原理：飛機內部一定有個封閉的艙房，燃燒爆裂性燃料，艙房一端有開口。爆裂釋放的能量迫使艙房向前移動，就像若沒有握好庭園水管，水管會從噴口反沖向後一樣。

「但是，爆炸或者說連續多次的爆炸，為什麼沒有摧毀艙房和飛機呢？」小塚好奇問。

「汽車傳動器內部每分鐘同樣發生數千次爆炸，也沒有破壞引擎。」小野田言簡意賅地說。他希望有一架飛機墜毀在盧邦島，就能詳細了解這些噴射飛機是如何建造的。

盧邦島，五百山丘

一九七一年

小野田和小塚正在移動，每一步走得緩慢又謹慎，一抵達五百山丘光禿禿的頂峰，就藏身在叢林中。這裡有點不尋常。然後，他們看見了。多了一張臨時小桌，擺著一卷厚厚的紙，包在塑膠膜裡。旁邊草地上插著一面牌子，寫著日文字「日本新聞」。夜幕雖已低垂，小野田和小塚仍舊只是觀察著，隔天才敢走出藏身處。小野田用槍管將桌上的紙卷推來推去後，才拿在手裡。毫無疑問是一份剛出刊不久的報紙。報紙放在這裡，頂多不超過兩天。一定有人在他們抵達之前不久才在這裡。兩名軍人立刻退回叢林。

他們撤退到遠遠即能察覺敵方行動的盧克眺望點後，才打開發現物，一欄一欄讀著。小野田翻過紙頁，看見廚房電子用品、汽車與口紅的廣告，接著又把報紙翻回到頭版新聞：澳洲與紐西蘭希望結束參戰。另外一欄新聞是：南越在寮國潰不成軍。底下有張照片，絕望的士兵緊緊攀住正在載送傷兵的美國直升機。

「美國為什麼要援助越南？」小野田自問。難道戰爭舞台進一步移往西方，一如他幾年前的推測？或者，寮國與印度、中國和西伯利亞組成對抗美國的新軸心？小塚認為不無可能。但是，小野田懷疑這份報紙可能全是美國情報局偽造的。他應該一開始就想到。不過小塚指著分類廣告，覺得報紙應該是真的。小野田一頁又一頁翻閱，最後得出結論：敵方使用的是真正的報紙，僅僅捏造了幾頁版面。小塚注意到有些重要事項完全遭到忽略，例如日本在戰爭中的表現；而之所以刊登許多廣告，似乎是為了避免把欄位塗黑。「除了頭版之外，」小野田計算著，「幾乎有一半的可用版面全是廣告。但是，報紙給予廣告的篇幅，一般不會超過百分之二或者百分之三。沒人有能力購買所有產品，完全是不可能的。所以他們審查了真正的新聞，以廣告替代。」

小塚的注意力又回到頭版，上面的日期是一九七一年三月十九日。小野田認為日期超前，就是偽造的確鑿證據。「今天是三月十五日。那些蠢蛋連正確計算都不會。」

小塚開口說：「但是如果——？」

小野田瞪著他。「但是如果什麼？」

「如果我們的日曆不對怎麼辦？」小塚說。「只是個想法啦。」

「我們的日曆是對的。」小野田向他保證。「我將潤年也計算在內，觀察月亮陰晴圓缺……」

小塚說：「月亮很狡猾的。」

小野田思索了一下。「沒錯。月相對於日曆用處不大；在逃亡時，我也無法準確追蹤日子。我們目前臨近赤道，很難正確測量夏至與冬至。不過，我仍舊知道怎麼計算。」

小塚道歉：「很抱歉，少尉。」

黑夜降臨。兩人依然研究著每一行、每一張圖片、每一則廣告。一小簇火便足以提供光亮。閱讀時，兩人的臉貼近報紙，頭部似乎被火光照得發紅。忽然，似乎有什麼讓小野田感到不安。他側耳傾聽。什麼也沒有。接著，他整個人僵住了，急忙抓起步槍。

他低聲說：「不太對勁。」

小塚蹲低身子，豎起耳朵。隨後小野田發現了應該是世界上最自然不過的事，但對他來說卻是件轟動的大事。

「你看那裡，盧克市。他們忽然有電了。」果真，整個市鎮被霓虹燈照得通亮，這是重要的大事件。兩名軍人已經五年沒有見過電燈，上次是在盧邦市區，從很遠的距離外看見的。小野田推測以後日子可能會更加艱難，尤其是在夜晚，如果敵人拿大探照燈搜尋他們。不過，小塚目前只想享受眼前的奇景。

隔天，小野田透過模糊的望遠鏡，看見另一項變化。六名農夫在曠野上勞動，身邊有兩名拿著步槍的便衣人士。他們顯然不是士兵，而是不參與田野工作的守衛。怎麼辦？小野田決定展開攻擊。他已經很久沒有展現誰才這座島嶼的主宰者了。

盧邦島，盧克附近低地

一九七一年

小野田和小塚在高聳叢生的雜草間向前爬，匍匐潛行，猶如緊盯眼前獵物的獅子。幾株棕櫚樹，夾雜著木瓜樹。在田間勞動的男人揚起笑聲。

小野田低聲問：「兩名守衛在哪裡？」

小塚確認了他們的位置。「在左邊，幾乎看不太見，在遮陽篷底下。」

小野田費勁聽著。「我聽到了音樂。」

「是收音機嗎？收音機在野外要怎麼用？」小塚悄聲說。小野田決定進攻。他彈起身開火。農夫們驚慌尖叫，四散逃逸。一名守衛試圖開槍，但步槍顯然沒有上膛。另一名守衛朝著小野田的方向盲目射擊，只射中小石頭，碎石飛濺，打到小野田的腳。一個鐘頭後，他才發現靴子裡在流血。

守衛農田的人已經離開。小塚扛起一袋米、撿起一把大砍刀和好幾顆木瓜；小野田找到小型短波收音機，收音機仍舊傳來當地電台播放的音樂。主持人口操塔加路語（Tagalog），聲音自由奔放，散播著歡樂。喇叭聲相當微弱，小野田耗了好一陣子尋找按鈕關掉收音機。他不希望撤退時被音樂洩漏了行蹤。

小野田終於躲進峭壁下方一處安全藏身之地。他嘗試尋找電台時，聽見了：「Desde la Capital del Tango, desde Buenos Aires...」（「來自探戈之都，來自布宜諾斯艾利斯……」）小塚十分驚訝，竟在如此遙遠的地方聽見布宜諾斯艾利斯。小野田反而覺得好笑，小塚在學校究竟學了什麼？這些是從平流層反射回地球的短波，以之字型路徑圍繞著地球傳播。由於收音機的音量微弱且拖曳，小野田於是拆開機器，斷定電池快要沒電。不過有件事讓他無比驚訝：收音機竟沒有真空管，這一定是種令人費解的進步。他把電池兩端的接觸點擦乾淨後，又把電池裝回去。先是大量靜電干擾，接著是斷續無章的陌生語言，忽然間，不到一分鐘，響起了貝多芬鋼琴奏鳴曲的高潮樂章，然後是日語電台。由於聲音微弱，音量忽高忽低，兩個男人乾脆把耳朵貼在小喇叭上，頭湊在一起。日語電台正在播放賽馬。

播音員說：「這是今晚第二場盛事，京都大賽。最受歡迎的是櫻花，這匹母馬……」

小塚低聲說：「賽馬呀，真不相信，我幾乎快忘記馬長什麼樣子了。」

小野田歡呼：「這正證明了日本節節獲勝，否則怎麼可能舉行賽馬？」

訊號不時中斷，不過確實是一場賽馬比賽。「現在，北海道驕傲……取得領先，在場上最後一個彎道拉開了距離……」

由於電池電力太弱，小野田於是放在腋窩裡增溫。

「這是第四場比賽，場上有羽箭、猛禽，還有已經贏得東京公開賽的白影，牠正焦躁騰跳著……」

小塚建議：「我們可以下注哪一匹會贏。」

小野田反對：「怎麼下注？沒有一匹馬是我認識的。」小塚點了點頭。

不過，小野田最後還是接受建議。「我押注白影，名字聽起來就像是勝者。」

小塚賭猛禽。不過，喇叭卻傳來意外的消息。

「不、不、不、不！」收音機傳來刺耳的嗓音。「白影衝出起跑閘門，將騎士甩了出去。白影的馬鞍空著，越過跑道柵欄，急速奔向停車場。馬伕追了上去，但是他們要怎麼在兩萬輛車子當中找到這匹母馬？比賽必須在缺少牠的情況下展開了。」

小塚說：「兩萬輛，太驚人了。」

「我去過一次賽馬場。」小野田回憶道，「看見許多巴士，大概有兩百輛，不會超過此數量。」

然後，他笑著建議：「你若猜中了獲勝的馬匹，表示你智力過人，可當我一天的長官。」

但兩個人好幾次都沒猜對，不過後來在一場幾乎快聽不清楚的比賽中，小塚押注了武士第一。播報員幾乎沒提到這個名字，忽然間，卻聽見他氣喘吁吁說：「新宿原本保持領先，但是氣力耗盡了。武士第一，出人意料衝到前面，席捲整個賽場，一路領先至比賽結束。真是太驚險了。」

小野田恭喜小塚的直覺準確。隔天，小塚成了上級長官，但是他不知道如何面對這樣的升遷。數十年來，他下屬的角色深植內心，即使只是下達簡單的命令，他也幾乎辦不到。兩個人因此笑了，在充滿小小挫折的日子裡度過沒有負擔的一天。由於電池耗盡，小塚於是建議——不是命令——攻擊盧邦市區，奪取新電池。

小野田反對：「小塚，雖然今天你是我的上司，但我們不能攻擊盧邦。我們必須穿過幾公里的開闊平地，而且根據我的估計，盧邦市有八百位居民，這個數目甚至還可能低估了。」

小塚急忙說：「對不起。這只是個想法而已。」

盧邦島，南岸

一九七一年

陡峭而升的叢林邊，一個偽裝隱密的藏身處，小野田和小塚吃著芒果和鳳梨。小塚十分開心。「鳳梨產季是最棒的時節，比獵殺水牛還好，比收穫稻米還棒。」

「我們在這裡待兩天了。」小野田說。「我們很清楚這有多危險。明天一定要上路，這次沿著路線往回走，和歌山支流、盧克眺望點、五百山丘，然後是蛇山。」

入夜後，兩人到岸邊抓螃蟹。之後，小野田躺著，小塚在旁守衛。小野田透過望遠鏡發現到不尋常的事。他向小塚確認沒有危險後，要他過來。「那裡，在天龍星底部，有東西在動。肉眼也看得見，望遠鏡已經沒什麼用了。」

小塚費勁看了半天。

「就在那顆閃爍的星星左邊，有一顆星動得很快，由北往南移動。」

小塚現在看見了。他猜測：「是飛得很高的飛機嗎？」

「我一開始也這麼想。」

小塚問道：「還是彗星？」

「不是，沒看見彗星的尾巴。而且，我們的肉眼覺察不到彗星的移動。」

「真奇怪。」小塚拿望遠鏡觀察，但是沒有看得比較清楚。

不過，小野田非常確定一件事。「你有沒有發現，那顆星是在南北線上移動？」

小塚點頭確認。

「昨晚我已觀察過這顆星。它消失於南方，約莫七十分鐘之後又從北方出現，就像在固定運行，但軌道有點偏移，不過始終準確跨越兩極。不可能是彗星，也不是高空飛行的飛機。就飛機而言，那顆星太高了，速度也太快。我們完全可以排除是流星。我想要了解的是它移動時的規律性。」

小野田花了幾個星期研究這個現象。他斟酌過各種可能的想法，隨後又拋掉，最後得出兼具技術與戰略的解釋。他向小塚說明：「我確定那是人類製作的物體，比飛機飛得高上許多，遠在地球大氣層之外。這個物體繞著我們星球運轉。」

「但是為什麼？」小塚很驚訝。

「軍事目的。我的理論是：我相信人類可以把一個物體送進繞行地球的軌道，但是那需要強大的逃逸速度，只有巨量的燃料才辦得到。我嘗試計算過，得出的燃料數值，大約等於一整列貨運火車的負載量，如此才能將一公斤的物質送入軌道。我們必須想像有許多滿載燃料的貨運火車，因為這個物體一定很大，否則肉眼看不見。」

小塚驚嘆說：「那可真多啊。」

小野田握緊拳頭舉高。「為什麼這個物體精準越過兩極，速度穩定不變呢？我估計，它繞行地球一周約莫一個多小時，這速度非常驚人。」

小塚努力跟上。「為什麼會準確越過南北極呢？」

小野田撿起一根筆直的樹枝，垂直握在拳頭中，露出上下兩端。「你想像這是地軸。」

他緩緩轉動拳頭。「物體飛越南極，從地球另外一面飛回北極，然後繼續繞行。我的關鍵想法來了：每次繞行，地球總是多轉了一點，物體於是飛過地球新的一段，於是路線就像橘子剝皮後，可以看見的果瓣一樣。如果物體一次又一次從極點飛到極點，就能夠逐段眺望整個地球。」

小塚問：「目的是什麼？」

「戰爭，當然是為了戰爭。」小野田有十足把握。「製造這類複雜的物體一定耗費鉅資，這麼昂貴，只有作為軍事用途的可能。它可以是觀察整個地球的平台，一段又一段逐步探查；也可能是威力驚人的炸彈，可以在我們星球任一地點引點，也許扔到南極或墨西哥，甚至是盧邦島這裡。世界上沒有一個地方是安全的了。」

此後不久，兩名男人在靠近五百山丘附近的叢林小路，又有了一次發現，不過相對平淡無奇：一本被撕成條狀的菲律賓雜誌。小野田拿著剛奪來的大砍刀，用刀尖小心翼翼翻開印刷品的殘餘部分——他不想拿起來——兩個人看見了色情照片。赤身裸體奇異交纏，猥褻雜交，呈現出毫無慰藉的絕望形態。小塚想帶走碎紙，但小野田堅持留下，以免被蓄意將破雜誌當做誘餌的敵人知道他們來過此地。

盧邦島，五百山丘

一九七一年

小野田和小塚躲在灌木叢，觀察光禿山丘上的奇特活動。一條臨時道路被開闢出來，貫穿叢林，通往丘頂。貨車、戴塑膠頭盔的工人、一隊土地測量員來來往往；兩輛露營車並排停靠，明顯組成了臨時規畫部門。最引人注意的，是旁邊美國開拓重工（Caterpillar）一輛黃得耀眼的工程車。遠方，雲層聚攏成堡，被無聲的閃電照得閃爍躍動。小塚猜測應該是要建造非常大型的砲兵基地，不過砲兵從這裡能覆蓋哪些目標？保護工人的士兵在哪裡？小野田拿殘損的望遠鏡繼續偵查下方區域，發現一隊約莫五十名菲律賓士兵組成的隊伍，行列緊密，正沿著原始森林邊緣緩緩前進。小野田認為，每隔兩公尺就有一名士兵是種信號，表示眼前不可能是行之有效的軍事演習，士兵進入叢林後，彼此距離勢必會更加緊密。這類圍捕，可能需要千人分散在一公里內逐步推進，才具有危險性。小野田在島上期間，從未見過投入嗅探犬，不過放出嗅探犬對付武裝人員，根本毫無勝算。嗅探犬只能抓捕手無寸鐵的人，這點菲律賓軍方似乎也心知肚明。對小野田而言，緊密推進的無效隊形，正象徵了士兵害怕進入原始森林。

兩名軍人需要越來越多時間修補裝備。潮濕的氣候侵蝕一切，造成萬物腐爛、分解。當他們在沒有危險的情況下進行每週一次的洗衣時，天空下起雨來，他們趕緊將只乾了一半的衣服塞進偷來的塑膠袋。隔天繼續下雨，再過一夜依然不止，等到雨終於停了，太陽露臉，他們發現塑膠袋鼓了起來，彷彿快要爆炸的氣球。塑膠袋裡只見白色一片，細絲處處，彷彿年度兒童市集上的棉花糖猛然蔓延開來，而那其實是瘋狂擴散的黴菌。

小野田正在補綴褲子，他堅持使用至少與制服顏色相似的贓布縫補。小塚用藤編了一張新網，想要固定在背包上面。

他問：「少尉為什麼需要與制服顏色一模一樣？為什麼制服一定要看起來那麼真實？」

小野田惱怒回答：「我們是軍人還是流浪漢？」

一架小飛機的噪音把他們嚇了一跳，飛機似乎在上空盤旋。他們小心翼翼跑到視野較好的地方。單引擎飛機緩緩繞飛，一邊的機門被拆掉，取而代之放上大型擴音器。

「小野田少尉、小塚上等兵。」上空傳來日語。「這是傳達給你們的命令——」不過，飛機多繞飛了好幾次後，他們才聽懂全部信息。「——來自總統的命令。請離開你們的藏身處，你們獲得特赦了。」

「胡說八道，這是陷阱。」小野田立刻闡明。「否則何必派遣一整營步兵對付我們？」

小塚有自己的猜疑。「總統？哪國總統？菲律賓總統嗎？如果是菲律賓總統，那美國呢？或者那是指美國總統？」

五百山丘上的建築工事，似乎暗示參戰的美國與菲律賓之間深化的聯盟關係。

盧邦島，原始森林小徑

一九七二年十月十九日

又上路了，這次是朝反方向走。小野田陡然停下腳步，因為鳥兒不再啼鳴。他蹲進濃密的柳樹中，小塚躲在他身旁。他們看見小徑上躺著銀白發亮的東西。似乎是一片鋁箔紙，很像他們大約一個月前發現的碎片，當時碎片上面還有一點點巧克力。小塚起身，想查看一下鋁箔紙。

「等一下。」小野田低聲說，但是小塚已經邁出躲藏處。鋁箔紙朝他的方向飛舞狂旋，彷彿發生了爆炸。不過，那是槍聲。尖叫、狂野的動作，子彈劃破葉片。接著是一片沉靜，小塚站在小徑中央。

「胸膛。」他的語氣非常冷靜，彷彿自言自語。「那是我的胸膛。」

他的呼吸摻雜咻咻聲，嘴邊冒出血泡，接著整個人撲向地面。

盧邦島

一九七二年底開始

小野田有兩年或從現在開始一段時間，成了叢林會移動的一個部分。有一次，他察覺自己無法避開一小隊疾行的菲律賓士兵，便迅速鑽入樹葉底下，在最後一刻往自己身上扔灑葉片。軍隊一名落後者匆忙中踩到了他的手，卻完全沒有注意到。

營火。蟬鳴。蚊子。下雨，下了又下。小野田完全沉入自己的世界。他在險峻西岸的岩石上快速敲下貝殼，像伐木工人一樣生火不留下痕跡。他認為自己被遺忘了。但是有一天，他看見盧克眺望點下方出現幾名男子，其中一個把擴音器像背包一樣背在肩上。對方往下走去，看不清楚他的臉。這時，傳來以日語喊叫的聲音：「我是你大哥，我是你大哥。我是阿敏，你大哥啊。」

小野田愣僵了一會兒。

那聲音喊：「寬郎，弟弟啊，聽我說。」

小野田顯得冷漠麻木，內心有如石頭做的。無法想像之事，不可能存在。

「出來吧，弟弟，出來、出來啊。出來吧。」聲音漸漸遠去，幾乎快要聽不見。

小野田繃緊神經，費勁去理解聲音。

「我現在唱一首歌。」遙遠的聲音喊道。「寬郎，我的弟弟，你記得我們賞櫻花時唱的那首歌嗎？」

小野田只聽見歌曲開頭，然後歌聲就被叢林吸走了。

「花瓣飄零，那是陣亡戰士的靈魂，漂浮在……」

那是什麼？真的是他的長兄嗎？還是陰沉的妄想？小野田無法將這件事納入他的信念結構中。他不得不接受這個矛盾。如果真是他兄長，為什麼連續幾個星期在島上許多地方都聽得見他的聲音？答案在他心裡越發扎根茁壯：如果是兄長帶著搜索隊前來，那麼他勢必想透過所謂的密碼，讓他了解這組搜索隊實際上負責勘查盧邦島各個角落，詳細記錄地形，為皇軍即將回歸繪製更詳盡的地圖。現實中含有隱藏的密碼，或說密碼因現實而更加豐富，就如石頭中的礦脈一樣。

從此刻開始，時間停滯了好幾個星期。或者，時間並非停滯不前，而是不再出現了。接著，一陣獨特的微風吹擾了樹葉，時間加速前進，躍過幾個星期、幾個月。小野田像夢遊者一樣行動，但即使如此，也只是他的一種幻象。他擁有兩種天性。小野田行動清醒，目視一切，耳聞一切，隨時做好準備。但是，他不能這麼簡單就只是叢林、只是大自然的一分子。

他必須提醒盧邦島居民他肩負的任務，因此他到盧邦市附近的北部平原，一次又一次對空鳴槍。那裡沒人。他不需要搶奪補給品，只是要讓別人聽到他的動靜。

盧邦島，和歌山支流

一九七四年三月九日，早上八點

一面日本國旗在大帳篷上方飄揚，人站在帳篷裡也沒問題。一旁立著鈴木的帳篷。小野田隱身在兩條溪流匯合處的蘆葦叢中，動也不動。什麼都沒有，沒有菲律賓士兵，沒有記者，顯然不是埋伏。鈴木爬出帳篷，開始刷牙，幾乎就在小野田所在位置，卻沒有注意到他。「別動。」小野田冷靜說，步槍直指鈴木的後腦杓。

「小野田，」鈴木說，「小野田寬郎。」

「你信守了承諾。現在轉過身來。」

「我將您的指揮官從東京請來了。」鈴木對著槍口說。「谷口少校。」

「還有呢？」

「沒有其他人了。只有菲律賓軍團一支精銳部隊在五百山丘等候您。」
小野田問：「全副武裝嗎？」
「是的，不過他們持槍是要向您致敬的。」
「我的指揮官在哪裡？」小野田十分謹慎。「我不能排除這可能是詭計。」
「少校，」鈴木喊著。「可以請您出來嗎？小野田少尉來了。」
但是少校沒有現身，因為他尚未穿好靴子。小野田矗立在大帳篷的入口前。帳篷內的一雙手擺弄著拉鍊，然後谷口走了出來，微微駝背，滿頭銀絲。他已是一名八十八歲的老者。
他說：「少尉，我認得你。你已長成一名男子漢了。」
小野田敬禮，退後兩步，呈上他的步槍。
谷口問：「您認得我嗎？」

「少校，是的。」小野田身形更加挺直。

「我現在要向你宣讀參謀本部的指令。」谷口並未身著軍裝，只套上軍用襯衫和一頂特種部隊的闊葉帽。他伸直雙手，慎重其事捧著一張紙。「根據天皇指令，第十四軍與其他皇軍部隊已停止一切軍事活動。隸屬於特殊作戰指揮部的單位，特此立即中止一切敵對行動，聽從菲律賓軍隊指揮，遵照他們的指示。」

小野田面無表情。他敬了一個禮。

「少尉，你的戰爭結束了。」由於小野田僵立不動，谷口放鬆了口氣問：「少尉，你還好嗎？」

小野田表情空洞，看不出情緒，彷彿僵死似的。他神情木然回答：

「少校，狂風暴雨正在我心中肆虐。」

「稍息，少尉。」谷口說。「為了符合程序，我必須再補充：此項命令今日即刻生效，一九七四年三月九日上午八點。」
小野田膝窩猶如被木棒擊中，忽然蹲落在地。少校吃了一驚。「少尉，你怎麼了？」但是小野田說不出話來。
谷口鼓勵他：「你慢慢說。」
「如果今天是三月九日，」小野田六神無主說，「那麼我的日曆就晚了五天。」
谷口回答：「你晚了二十九年。」

前往五百山丘的路上，小野田請求繞道而行。他想取出藏在樹幹中的武士刀。武士刀狀態絕佳，毫無生鏽的痕跡。陽光在刀刃上閃爍。小野田日後承認，一直到最後一刻，他都希望少校會悄悄轉向他，解釋這一切不過是表演，純粹只是考驗他是否堅毅可靠。

盧邦島，五百山丘

一九七四年三月九日，上午十點半

光禿禿的丘頂出現了變化。新設立的雷達站逐漸成形。菲律賓精銳部隊已經就位。谷口率先走出，小野田尾隨其後。指揮官高聲下令，部隊立即舉槍致意。小野田在行列中踏步前進，肢體僵硬，彷彿一切只是幻覺。隊伍最後站著菲律賓軍方最高階的將領。小野田邁向他，敬禮，交出步槍，隨後雙手恭敬遞上武士刀。不過，將軍又立刻將刀返還給他，簡潔說：「真正的武士會留下他的刀。」小野田覺得自己已不再擁有感動之類的情感，但他後來承認，他的內心其實狂嚎不已。

還有一件事：小野田回到日本沒多久，鈴木紀夫便根據先前的計畫，前往喜馬拉雅山探險，尋找雪人。但他在道拉吉利峰山腳遭遇雪崩，就此遇難。小野田寬郎得知訊息，即刻動身從日本飛往尼泊爾。在一名雪巴人陪同下，徒步三個星期，在爬上八千公尺巍峨高峰的雄偉南側之前，先抵達五千多公尺的山峰。雪巴人在鈴木葬身之地疊起一座石堆。小野田的挑夫擱下背包。「墳墓在這裡。」小野田感覺天空彷彿向他揮出巨拳，雪山、冰河、深淵等不可捉摸的大自然好似要將他從中撕裂。小野田走到石堆前，只有飄揚的經幡提醒著曾經存在的生命。小野田挺胸立正，臉龐如同周遭一切漠然不動。雲層撥開，灑下短暫的羞怯陽光。沒有地震，沒有雷鳴。只有靜謐。

小野田向菲律賓軍方投降後，搭乘直升機飛往馬尼拉。不久前剛以戒嚴令統治國家的菲律賓總統斐迪南・馬可仕，也舉行了一次遞交武士刀的儀式，成為媒體關注焦點，彰顯了自己。他同樣立刻歸還武士刀。小野田雖然在盧邦島收到了便服，仍按照指示再度穿上破爛的制服。馬可仕特赦了小野田，理由是他這些年始終以軍人自居。盧邦島居民最後也把他視為敵人偽裝的特務。幾年後，小野田回到盧邦島進行訪問，受到當地居民熱情歡迎。不過，對於他殺害島民的爭議從未完全平息。

小野田少尉結束孤身作戰的消息透過廣播傳到全日本，每個人的心，整個國家的心，整整停頓了一分鐘。

但是，受到媒體熱烈追捧的小野田，對於日本戰後社會的瘋狂消費深感失望。他認為日本失去了靈魂。首相希望馬上接見他，但是小野田拒絕了，他想要先見見陣亡同袍的家人。他後來遷居到二哥格郎早已移民的巴西，在遼闊的馬托格羅索開墾森林，經營自己的牧場。不過，一年大部分時間他都在家鄉度過，並開辦小野田自然塾，一所私立學校，暑假期間教導營隊孩童求生技巧。小野田回國兩年後邁入婚姻，但是沒有子嗣。他最後於東京過世，享壽九十一歲。

小野田長期拒受過去二十八年的軍餉，由於家人堅持，才收下這筆錢，卻又立即捐給靖國神社。十九世紀中期以來，靖國神社供奉了兩百五十萬為國捐軀者的姓名。奇怪的是，當中也可見寵物的名字。靖國神社爭議不斷，因為約有千名受到審判的戰犯也名列其中。我猶豫是否接受小野田的邀請前往神社。他殘破不堪的制服就保存在那裡，希望能讓我看看。日方由於長久沒有找到小野田生存的跡象，因此推測他在島田陣亡的那次伏擊中，與小塚同樣受到了致命傷害，便於一九五九年宣布小野田死亡，多年來將之供奉在神社。小野田花了兩週時間，與神社宮司交涉，後來我便收到正式邀請。我也接受了邀請，因為我來自一個給其他種族與人民帶來恐怖災難的國家，我是誰，竟敢允許自己輕易做出審判？小野田和我心意相通，多次談話後很快熟稔起來，因我曾在艱困的叢林環境中工作，能夠與他談得上話，並提出別人不會問他的問題。小野田為我翻譯了他那些年在盧邦島不斷唱來為自己打氣的歌：

我或許像個流浪漢或乞丐，
但是沉靜的月啊，妳見證了我靈魂的光輝。

我們跪坐在宮司對面，進行漫長的儀式。祈念經文後，宮司面向我。旁人為我翻譯了宮司的話，但我毫無記憶那次見面說了什麼。最後，宮司派一位和尚出房間，他回來時，捧著繫上絲帶的扁平盒子。盒裡擺著包在薄紙裡的小野田制服，就如保存珍貴的衣裳一樣。小心翼翼掀開薄紙後，它就躺在那裡，小野田在叢林穿了三十年、不斷縫縫補補的制服。漫長的沉默籠罩。小野田請宮司允許我拿起制服。我彎身鞠躬，和尚將制服放在我恭敬伸出的雙手上。宮司與小野田交談了幾句，鼓勵我攤開制服感受一下。我小心翼翼照做了。碰觸時，我感覺制服腰帶一側藏著什麼。小野田也注意到了，向我點點頭。我發現一個棕色小玻璃瓶，就像藥局裝藥的那種。裡面是小野田自製的棕櫚油。他不知道幾十年後瓶子竟還保存在自己的制服裡。我身旁猛然一震。小野田並未站起，有什麼讓他挺直了身體。在場的人仍跪坐著，心臟感受到同樣的刺痛，向他鞠躬致意。

他怎麼會忘記這個瓶子？真實的東西，藏在他記憶之外的某個地方。他經常忖度，在盧邦島度過的歲月是否可能是夢遊？然而沒有出現在他夢中的實體之物一旦忽然現前，他就不可能是在夢中。可觸之物從哪裡開始的？相關的記憶又始於何處？他時常自問，在叢林中永無止境的行軍為什麼不可能是幻想？踩著數以百萬的步伐，他注意到沒有當下這種東西，不可能有。他走的每一步已是過去，新的一步則是未來。抬起腳，已成過往；踩進面前的泥濘裡，是未來。當下在哪裡？他的腳每往前走一公分，是即將到來；之後的每一公分，已是過去。就這樣越來越小，變成公釐，變成察覺不到的極細微的公釐。我們以為活在當下，但當下不可能存在。我走路，我活著，我作戰呢？他倒退著走誤導敵人的那些路又是什麼？即使是倒退走的步伐，一樣是邁向未來。

過往，曾是可以描述與測量的，但他的記憶扭曲了事件，有時還錯亂混淆，令人困惑。島田去世後十年，他仍在叢林中看見島田出現眼前。記憶不允許痛苦儲存在他與生俱來的悲憫中（否則女人在痛苦分娩後，不會願意再生育孩子）。未來總像籠罩在未知風景上方變形卻無法看透的迷霧，不過偶爾還是辨識得出。一日將盡，太陽明朝再度升起。雨季五個月後開始。接著，突如其來發生了意外：一顆子彈，在暮色中畫出光的軌跡。若不將身子一偏，子彈會射中你。子彈原本可能擊中的地方，太陽神經叢，已不存在於原處。制服的破敗是不可避免的，但不可避免的破敗卻是可以改變。一片一片補丁，可以延緩瓦解、磨損、腐朽。最後，仍舊是一件制服。

結束神社參訪後，我們在公園相談至夜深。在當時，他是夢遊者嗎？還是夢見了今日，此時此刻？在盧邦島時，他經常苦思這個問題。沒有證據表明他清醒的時候是清醒的；也沒有證據表明他做夢的時候是在做夢。半夢半醒的世界。螞蟻莫名停住時，觸角會活動。牠們有預知夢。蟬向宇宙高聲鳴唱。在夜色的陰森恐怖中，有匹馬眼睛晶亮灼熱，抽著雪茄。一位聖人在睡過的岩石上留下印痕。大象，在夜裡站著入夢。高燒譫妄，將夜的岩石推上怒氣沸騰的山峰。原始森林有如毛毛蟲上坡下坡似的卷曲與伸張。蒼鷺走投無路時，只攻擊追捕者的眼睛。鱷魚吞下了一位貴族小姐。亡者轉身避開太陽，就得以直立下葬。三人騎著馬，馬鞍卻是空的。睡覺者的網捕到了魚。倒退走的人，也應該倒著說話。小野田三個字反過來是田野小。蜂鳥每分鐘心跳一千兩百下。南馬托格羅索沉靜的印地安人，相信蜂鳥同時擁有兩個生命。唯有置身在馬托格羅索的牛群中，小野田才擁有安全感。他的心臟與牠們一起跳動，他的呼吸與牠們一同起伏。於是，他知道他就在自己所在的地方。夜已逝去，一群群的魚兒一無所知。

國家圖書館出版品預行編目(CIP)資料

半夢半醒的世界/韋納.荷索(Werner Herzog)著；管中琪譯. -- 初版. -- 新北市：黑體文化出版：遠足文化事業股份有限公司發行, 2023.11
面；　公分. -- (白盒子；5)
譯自：Das Dämmern der Welt
ISBN 978-626-7263-58-7(平裝)

875.57　　112018649

特別聲明：
有關本書中的言論內容，不代表本公司／出版集團的立場及意見，由作者自行承擔文責。

黑體文化　　讀者回函

白盒子5
半夢半醒的世界
Das Dämmern der Welt

作者・韋納・荷索（Werner Herzog）｜譯者・管中琪｜責任編輯・張智琦｜封面設計・徐睿紳｜出版・黑體文化／左岸文化事業有限公司｜總編輯・龍傑娣｜發行・遠足文化事業股份有限公司（讀書共和國出版集團）｜電話・02-2218-1417｜傳真・02-2218-8057｜客服專線・0800-221-029｜讀書共和國客服信箱service@bookrep.com.tw｜官方網站・http://www.bookrep.com.tw｜法律顧問・華洋法律事務所・蘇文生律師｜印刷・中原造像股份有限公司｜排版・菩薩蠻數位文化有限公司｜初版・2023年11月｜定價・300｜ISBN・978-626-7263-58-7｜書號・2WWB0005